Welf Wesley - Der Weltraumkadett

Im Weltall verschollen

Band 3

Ernst - Ulrich Hahmann

Welf Wesley - Der Weltraumkadett

Im Weltall verschollen

Science Fiction Roman

BoD
Books on Demand

Bibliografische Information der Deutschen Nationalbibliothek

Die Deutsche Nationalbibliothek verzeichnet diese Publikation in der Deutschen Nationalbibliothek: detaillierte bibliografische Daten sind im Internet über://dnb.dnb.de abrufbar.

Umschlagentwurf und Layout: Ernst-Ulrich Hahmann

Herstellung und Verlag
BoD - Books on Demand, Norderstedt

ISBN 9 783752 887877

7,95 Euro

Im Jahre 2064 wurde der deutsch-amerikaner Welf Wesley in die Reihen der Weltraumkadetten aufgenommen. Nach erfolgreich abgeschlossener Ausbildung erhielt er seine Kommandierung zum Nordeuropäischen Raketenstartplatz Peenemünde. Hier durfte er an einer dramatischen Rettungsaktion im Asteroidengürtel teilnehmen.

Nach der Rückkehr zur Erde verbrachte Wesley mit seiner Freundin einen erlebnisreichen Urlaub in Afrika. Auf dem Rückflug mit der Kuriermaschine AX-05 nach Europa wurden sie in ein Abenteuer hineingezogen. Nach einem kurzweiligen Zwangsaufenthalt auf dem Gelände der 1.Internationalen Thermonuklearen Reaktoranlage erreichten sie ohne weiteren Zwischenfall Europa und für Wesley begann wieder der Alltag des Weltraumkadetten.

Das Auftauchen eines unbekannten Flugkörpers in der Erdatmosphäre und dessen verschwinden im Weltraum, Richtung Venus, erforderte den Einsatz des Photonenweltraumkreuzers Timperwind.

Sollte es ein außerirdischer Flugkörper gewesen sein?

Diese Frage galt es zu klären.

Seltsame Dinge geschahen dann beim Flug zur Venus an Bord des Photonenweltraumkreuzers. Rätselhafte Er-

eignisse spielten sich zur gleichen Zeit auf dem Nordeuropäischen Raketenstartplatz ab. Sie ließen nur einen Schluss zu, Kräfte waren am Werk, die Interesse an der Technik der Außerirdischen hatten und verhindern wollten, dass sie in die Hände der Allgemeinheit gelangten.

Durch einen Sabotageakt am Photonentriebwerk der Timperwind raste der Weltraumkreuzer mit zunehmender Geschwindigkeit in die grenzenlose Weite des Alls hinaus.

Hilflos musste die Besatzung zusehen, wie sich der Photonenkreuzer immer weiter von der Erde entfernte, aus dem Sonnensystem hinaus - Richtung des Centaurus Systems.

Im Weltall verschollen

Auf dem Bildschirm stand das Doppelgestirn des *Centaurus* und leuchtete wie ein drohendes Fanal, voller Warnung und zur Vorsicht mahnend. Wesley versuchte vergeblich, sich des beängstigenden Gefühls zu erwehren, das ihn jedes Mal überkam, wenn er den *Alpha Centauri* auf dem Bildschirm betrachtete. Die gute alte Sonne erschien ihm viel freundlicher als dieser fremde Doppelstern.

Der Photonenweltraumkreuzer *Timperwind* raste wie ein flammenspeiendes Ungeheuer mit 290.000 Sekundenkilometer durch die schwarze Leere des Weltalls.

Aber diese Öde war nicht total schwarz und dunkel. Ein schwach schimmernder Lichtstreifen zog sich quer durch das Blickfeld. Ganz links verdichtete er sich zu einem hellstrahlenden Gewirr unzähliger Sterne, dem Zentrum der Milchstraße.

In der Unendlichkeit schwammen ferne Galaxien wie verwaschene Nebelflecke.

Vor der lichtdurchlässigen Frontkuppel der Kommandozentrale saßen drei Besatzungsmitglieder.

Gontor fehlte. Er schien irgendeiner Tätigkeit im Inneren des Weltraunkreuzers nachzugehen.

Spannung lag auf den Gesichtern der Männer. Sie blickten auf das großartige Schauspiel, das sich ihnen nach dem endlos scheinenden Flug jetzt bot. Plastisch und farbgetreu sahen sie, was sich vor dem Bug des Schiffes befand. Es war als blicke man hinein in den unendlichen Raum und sei von ihm nur noch wenige Schritte getrennt. In Wirklichkeit befanden sie sich hinter der stabilen fast unzerstörbaren Hülle der *Timperwind.*

Sörensen starrte auf das großartige Bild. Er kniff die Augen zusammen und blinzelte in die helle, weiße Sonne.

„*Alpha Centauri*", kommentierte er. Sein Blick wanderte von der hellen Sonne weg zum Plasmabildschirm mit dem rötlich, leuchtenden Sonnenball. Es war eine purpurn glühende Dunkelsonne, die ihre Energie verstrahlt hatte und sich in Auflösung befand.

Wesley folgte den Blicken Sörensens und sprach mit bebender Stimme: „*Proxima Centauri*?"

Sörensen nickte grimmig. Er starrte auf die Spektralanalyse. „Es gibt keinen Zweifel, wir fliegen mitten in das System der Centaurisonnen!"

Der Bordfunk sprach an. Gontor meldete sich aus dem Energieraum: „Kommandant ich habe es geschafft! … Endlich! … Wir sind in der Lage die Geschwindigkeit der *Timperwind* zu verringern. Aber …"

„Was heißt hier aber", wollte Sörensen sofort wissen.

„Wir sind weiterhin nur bedingt manövrierfähig."

„Was soll das bedeuten?"

„Es bedeutet, wir können keine großen Kursänderungen durchführen."

„Müssen eben zusehen, wie wir damit fertig werden. Hast eine hervorragende Arbeit geleistet James."

Aufatmend lehnten sich die Dreie in ihren Sesseln zurück. Endlich gab es am fernen Horizont einen Lichtschimmer der Hoffnung.

Sie konnten sich noch gut an die Zeit vor knapp viereinhalb Jahren erinnern. Harry Lommel hatte damals versucht den Energieschaltraum zu zerstören und die *Timperwind* am Rückflug zur Erde zu hindern. Der Aufmerksamkeit der beiden Weltraumkadetten war es zu verdanken, dass sein Sabotageakt nur zum Teil gelang. Durch die plötzliche Beschleunigung auf annähernde Lichtgeschwindigkeit und aufgrund der nur bedingten Manövrierfähigkeit waren sie aus dem heimatlichen Sonnensystem hinausgeschleudert worden. Im Verlaufe weniger Sekunden schrumpfte die Sonne zu einem Stern erster Größe zusammen.

Fassungslosigkeit ergriff die Besatzung und es dauerte lange, ehe sie sich der Ausweglosigkeit ihrer Situation bewusst wurden. Schließlich fanden sie sich mit der Tatsache ab, dass die *Timperwind* mit rasender Geschwindigkeit in Richtung des Sternbildes *Centaurus* flog. Dazu kam noch, dass die Reparatur der beschädigten Teile komplizierter wurde als erst angenommen.

Das Gute an der ganzen Sache war dabei noch, dass die Antigravitoren bei der plötzlichen Beschleunigung anliefen. Sie verhinderten jeglichen Andruck und hielten die Schwerkraft im Schiff konstant.

Faszination und ungläubiges Erstaunen rief immer wieder die Tatsache hervor, dass von der annähernden Lichtgeschwindigkeit absolut nichts zu bemerken war. Sie hatten mit einer Farbänderung der Sterne gerechnet, ja, sogar mit einer enormen Verschiebung. Vielleicht würden die Sterne sogar vollkommen unsichtbar werden.

Aber nichts dergleichen geschah.

Alles dies interessierte Gontor weniger. Er arbeitete, die ganzen Jahre, fieberhaft im Energieraum an der Beseitigung der Schäden. Nur zum Essen und zum Schöpfen neuer Kräfte, durch erquickenden Schlaf, verließ er den Arbeitsplatz.

Ja, zu Beginn der Reparatur hatte alles noch so einfach ausgesehen.

Beim Durchsuchen des Ersatzteillagers nach geeigneten Austauschteilen vergaß Gontor sogar das Essen. Er musste erst durch Wesley ermahnt werden, der ihm bei der Sucherei hin und wieder half.

Die komplizierten Berechnungen für das Plasmatriebwerk nahmen die meiste Zeit in Anspruch.

Aus Tagen wurden Wochen, aus Wochen Monate und aus Monaten waren Jahre geworden.

Vor einem Jahr dachten sie es schon geschafft zu haben. Fiebernd vor Erwartung schaltete Gontor damals das Bremstriebwerk ein. Als er Sörensens besorgten Blick in der spiegelnden Plasteverkleidung eines Messinstrumentes wahrnahm, war es bereits zu spät.

Leichter Rauch züngelte zwischen den Bauteilen hervor, stechender Geruch verbreitete sich.

Gontor ballte die Fäuste, die Knöchel traten weiß heraus. Er spürte die beruhigende Hand Sörensens auf seinem Arm.

„Nicht doch bleib ruhig. Uns ist doch nichts passiert. Wir müssen eben von vorn Anfangen."

Der Misserfolg entmutigte Gontor nicht, erneut vertiefte er sich in seine Formeln und er hatte es endlich nach einem weiteren Jahr geschafft.

Sörensen, der das Bremsmanöver einleitete, bemerkte: „Es gibt keinen Zweifel, wir landen mitten im System der Centaurisonnen."

Die Geschwindigkeit der *Timperwind* begann sich rapide zu verlangsamen. Sie schwenkte in eine Spirale, die sich immer enger um das Doppelgestirn zog.

„Während unseres viereinhalbjährenden Fluges haben wir nie die Hoffnung auf eine etwaige Rettung aufgegeben. Hoffentlich gelingt es uns jetzt auf einen möglicherweise vorhandenen Planeten von *Alpha Centauri, Beta Centauri* oder auf einer Dunkelwelt des *Proxima Centauri* zu landen. Es ist die reinste Verrücktheit, Kommandant!" meinte Gontor.

Hinter dem Sternbild des Centaurus verbarg sich ein Dreifachsystem. Zwei Sterne, der *Alpha-* und *Beta-Centauri* drehen sich umeinander, während der dritte, der *Proxima Centauri* das Paar in taktvollen Abstand umkreiste. Die Verbindung zwischen *Alpha* und *Beta Centauri* führte weiter in Richtung *Crux*, dem Kreuz des Südens. Im *Centaurus* lag ferner eine der stärksten Radioquellen, die mit der *Galaxie NGC 5128* verbunden war.

„Da kann ich euch beruhigen" wandte Wesley sich an beide. „Ich habe während des Fluges Zeit genug gehabt mich mit dem spindelförmigen Gegenstand zu beschäftigen, den wir auf der Venus im Raumschiff der Außerirdischen fanden ... Ich habe herausgefunden, dass es tatsächlich ein Speicherkristall ist. Es gelang mir die entschlüsselten Informationen auf einen Datenträger zu überspielen."

Ungläubig schauten sie Wesley an, der den Datenträger in das Abspielgerät legte. Er zögerte einen Moment, schaltete dann aber das Gerät ein.

Eine sonore Stimme erklang: „Hier spricht der Prokurator des Sternenschiffes *Ranger*! Befinden uns zurzeit auf einem Planeten des Centaurus. Setzen die Suchexpedition nach mehrjähriger Unterbrechung fort. Das Sternenschiff *Scout* lassen wir zurück. Bis zur Flugzeit 1199 verlief alles reibungslos."

Die folgenden Meldungen bestätigten das bisherig Bekannte, aber dann horchten die Anwesenden auf.

„Morgen erreichen wir unser Zielgebiet. Die Suche nach unseren verschollenen Brüdern kann beginnen. Einziger Anhaltspunkt ist das Sol-System…“

Leises Rauschen.

„… Heute haben wir Kurs auf den Blauen Planeten des Systems genommen, dort vermuten wir unsere Leute …“

Wieder leises Rauschen.

„… Die Landung verlief reibungslos. Wir befinden uns in der Nähe des Äquators. Die ersten Suchtrupps sind schon wieder zurückgekehrt und berichteten von vernunftbegabten Lebewesen. Sie besitzen bereits einen gewissen Intelligenzgrad. Aber keine Spur von den Verschollenen …“

Knacken und Knistern.

„… Heute sind plötzlich zwei Besatzungsmitglieder an einer unerklärlichen Krankheit gestorben ...“

Der Rest des Satzes ging in leiser werdendes Gemurmel über, das schließlich ganz verstummte. Plötzlich stand die Stimme des Prokurators wieder im Raum.

„Ich bin noch der einzige Überlebende. Wir waren unvorsichtig. Die Mannschaft ist an einer Vergiftung durch den Schimmelpilz Aspergillees gestorben. Meine Tage sind ebenfalls gezählt ... Starte zum zweiten Planeten des Sol-Systems, auf dem wir einen Stützpunkt der Verschollenen gefunden haben.“

Wieder Pause.

„Bin gelandet ... Ich kann nicht mehr ... Schalte auf automatischen Betrieb um ... Vielleicht werde ich gefunden, aber dann wird es für mich bereits zu spät sein ...“

Die Umdrehungen des Datenträgers wurden immer langsamer, bis er ganz stehen blieb. Das Gerät schaltete sich ab.

Kopfschüttelnd sagte Sörensen: „Unbegreiflich, was da vor sich gegangen sein muss, eine Tragödie! Sie müssen äußerst unvorsichtig oder überheblich in ihrer Intelligenz gewesen sein ... Anders kann ich mir das nicht erklären.“

Die Geschwindigkeit der *Timperwind* sank rapide.

Erste Lichtpunkte tauchten auf dem Bildschirm auf.

Waren es Planeten?

Wesley konnte sechs leuchtende Pünktchen ausmachen. Wenn es noch mehr geben sollte, standen diese auf der anderen Seite der Sonnen.

Optimismus sprach aus Sörensens Stimme, als er sagte: „Es sind Planeten.“

Der Bordfunk war eingeschaltet, sodass niemand seinen Platz verlassen brauchte. Jeder konnte mithören, was der eine zum anderen sagte. Man war so diszipliniert, dass man den anderen immer aussprechen ließ.

„Bis jetzt also drei Planeten“, unterstrich noch einmal Sörensen seine Meinung. „Eine hübsche Anzahl würde ich sagen ... Welchen wollen wir denn nun anfliegen?“

„Von wegen anfliegen“, meldete sich Gontor. „Wir sind in unserer Manövrierfähigkeit eingeschränkt. Hast du das Vergessen Kommandant. Uns kann nur die Gravitation, von einem der Planeten, helfen.“

Als wenn die Triebwerke die Worte Gontors gehört hätten, versagten sie erneut.

„Was ... jetzt ...?“ stotterte Wesley.

Sörensen starrte durch die lichtdurchlässige Frontkuppel auf einen Planeten, der ihnen entgegenkam. Er stand zwischen den beiden Sonnen *Alpha Centauri* und *Proxima Centauri*, schien aber *Proxima Centauri* zugehörig zu sein, da er die rötliche Sonne umkreiste und sein Licht von dieser Dunkelsonne erhielt. Außer dem violetten Licht, das der Planet zurückstrahlte, war von der Oberfläche nichts zu erkennen.

Die *Timperwind* schoss an dem Planeten vorbei.

In der immer enger werdenden Spirale des Fluges passierte der Photonenkreuzer nach geraumer Zeit erneut den

Planeten. Raste mit einer noch immer wahnsinnigen Geschwindigkeit, aber doch schon bedeutend langsamer als vorher, an ihm vorbei und bog, von der Gravitation der Sonne gehalten, in eine Kreisbahn. Die Geschwindigkeit der *Timperwind* betrug noch 40 Kilometer pro Sekunde, eine Geschwindigkeit, die bei dieser Entfernung die Schwerkraft der Sonnen neutralisiert.

Die *Timperwind* war zu einem Planeten geworden.

Das schrille Läuten des Rotalarms schreckte sie hoch. Das *FMR* registrierte ein Hindernis direkt in der Flugrichtung des Weltraumkreuzers.

Sörensen starrte entsetzt auf die gewaltige Kugel. Violette, purpurne und dunkelgelbe Wolken umhüllten den Planeten.

Sollte jetzt noch alles schief gehen?

Sörensen schüttelte alle Bedenken ab. So ein Unsinn! Das fehlte noch: ein pessimistischer Kommandant.

Aber auch Peer Weick schien sich nicht recht wohlzufühlen in seiner Haut. Er vermied es tunlichst, das Bild länger als unbedingt notwendig zu betrachten und beschäftigte sich intensiv mit den navigatorischen Instrumenten. War er sonst schon fast sprichwörtlich wortkarg, so hatte er sich nun in einen Taubstummen verwandelt.

Wesley und Weick starrten mit der größten Spannung, die sie je in ihrem Leben erlebt hatten, durch die lichtdurchlässige Frontkuppel auf den immer näher kommenden fremden Planeten. Ein schwaches Angstgefühl spiegelte sich in ihren Augen wider.

„Dort unten kann doch niemand leben!“, fluchte Gontor. „Niemals kann es dort intelligente Lebewesen geben!“

Gontor mochte wohl recht haben, denn dieser geheimnisvolle Planet unter ihnen konnte keine Lebensmöglichkeiten bieten.

Im Weltraumkreuzer herrschte eine Stimmung der Anspannung, der Ungewissheit und der Unsicherheit.

Sörensen starrte auf die dünnen, violett strahlenden Wolkengebilde.

Wesley bemerkte als Erster die steigende Hitze in der Kommandozentrale.

Die *Timperwind* berührte die oberen Schichten der Hülle des Planeten und begann zu vibrieren.

„40.000 Meter Bodenhöhe“, rief Peer vom Höhenmesser her.

„Der Planet hat eine Atmosphäre“, antwortete erregt Wesley.

„Ja, der Planet musste eine Atmosphäre haben“, war auch Sörensens Meinung.

Die Temperatur im Inneren des Raumschiffes stieg.

Die ersten Schweißperlen bildeten sich auf den Gesichtern der Männer.

Die Außenhülle aus *Starlite* hielt. Sie hatte im Test ganz andere Beanspruchungen aushalten müssen, so bildeten diese Temperaturen, die durch die Reibung mit der äußeren Lufthülle des Planeten entstand, kein außergewöhnliches Problem.

Gleich einem Kometen rauschte die *Timperwind* durch die oberen Schichten der Atmosphäre, ehe sie wieder in das All hinausschoss.

„Noch einmal Glück gehabt“ wandte sich aufatmend Sörensen an Wesley.

Die Geschwindigkeit des Weltraumkreuzers war soweit gesunken, dass er auf einer elliptischen Bahn zu der gewaltigen Kugel zurückkehrte.

Sörensen erteilte Peer Weick den Auftrag, Dichte, Größe und atmosphärische Verhältnisse zu bestimmen, soweit es bei der großen Entfernung, sie hatten gerade den Scheitelpunkt der elliptischen Flugbahn überschritten, schon möglich war.

Als der Planet, wieder die scheinbare Größe eines Fußballs annahm, lagen die Ergebnisse vor.

„Die Messwerte zeigen eine verblüffende Übereinstimmung mit den Daten der Erde“, berichtete Weick der überraschten Besatzung.

„Unglaublich? Die Messgeräte sind doch nicht etwa defekt?“ äußerte sich Sörensen ungläubig.

„Keineswegs! Ich war auch erst skeptisch. Nach wiederholten Messungen kam ich immer wieder zu dem gleichen Ergebnis.“

„Das heißt die Messergebnisse stimmen?“

„Jawohl, Kommandant!“

Die *Timperwind* schoss erneut an dem Planeten vorbei, in den Raum hinaus. Zwar entfernte sie sich ungeheuer weit, kehrte aber aufgrund der Schwerkraft des Planeten wieder zu ihm zurück.

Die Gravitation des Planeten hatte die *Timperwind* eingefangen.

So wie sie um den Planeten kreisten, so kreisten die Gedanken der Besatzung jetzt um zwei Probleme. Es ging zum einen um die Möglichkeit einer Landung und zum andern um das, was sie da unten erwarten würde.

Sörensen fühlte, dass die Besatzung eine ständig wachsende Unruhe befallen hatte. Er bemühte sich daher, sie abzulenken und auf andere Gedanken zu bringen. Kurzer Hand wandte er sich an die Besatzungsmitglieder und sprach: „Dort, der Himmelskörper gibt uns wieder ein Stück Hoffnung einigermaßen heil aus der ganzen Sache herauszukommen oder seit ihr anderer Meinung?“

Schweigen.

„Ich schätze wir nennen den Planeten *Hope* oder wollen wir ihn lieber eine Registriernummer verpassen.“

Schweigen.

Ab nun hieß der Planet *Hope* - Hoffnung. Dabei war es mit der Hoffnung nicht weit her ...

30.000 Meter.

Der Weltraumkreuzer war in eine gewaltige Spirale um den Riesenplaneten eingeschwenkt.

„Wenn wir nur bessere Sicht hätten“, bemerkte Sörensen, „dann wissen wir wenigstens, was uns da unten erwartet.“

Bei 25.000 Meter weiteten sich erstaunt Wesleys Augen und über seine Lippen kam die Bemerkung: „Kommandant, das gibt es doch nicht. Der Planet hat nur einen Kontinent.“

In der Tat zeigte sich, dass ein Viertel der gesamten Oberfläche von einem einzigen Kontinent eingenommen wurde, der Rest bestand aus Wasser und vereinzelte Inseln.

„Wesley, das sieht aus wie vor grauer Vorzeit auf der Erde. Damals gab es auch nur einen Kontinent, den Urkontinent.“

In 20.000 Meter Höhe umkreiste jetzt die *Timperwind* den Planeten *Hope*, wobei sie langsam, aber ständig, tiefer und tiefer sank.

Wieder glitt der Kontinent unter ihnen dahin.

Bei einer Höhe von 18.000 Meter über Bodenhöhe waren unübersehbare Gebirge, Urwälder, Steppen, Wüsten und Flüsse zu erkennen.

Es gab Pflanzenwuchs.

„Wo es Vegetation gibt, musste es auch Leben in irgendeiner Form geben“, stellte Sörensen fest, der besorgt auf den Höhenmesser schaute. Sie waren jetzt nur noch 10.000 Meter von der Planetenoberfläche entfernt. Er kam sich richtig hilflos vor, hoffentlich würden sie nicht aufgrund der eingeschränkten Manövrierfähigkeit wie eine Sternschnuppe in der Atmosphäre des Planeten verglühen. Hin und her grübelnd suchte er nach einem Ausweg. Es musste ihm doch etwas einfallen.

Soeben überflogen sie eine vegetationslose Hochgebirgskette. Dahinter begann eine dünenbedeckte Sandwüste.

„Männer“, wandte er sich entschlossen an die Besatzung. „Wir müssen die *Timperwind* verlassen, ob es euch gefällt oder nicht. Die Geschwindigkeit des Weltraumkreuzers nimmt trotz der Bremswirkung der Atmosphäre ständig zu und die Wahrscheinlichkeit, dass er zu Asche verglüht ist nicht ausgeschlossen. Aber mit den Landefähren könnten wir es schaffen auf dem Planeten zu landen.“ Er wies auf den Höhenmesser, der jetzt nur noch eine Entfernung von 8.000 Meter zum Planeten anzeigte.

Dies war überzeugender als alle weiteren Worte und Argumente.

Die Männer beeilten sich den Anweisungen des Kommandanten nachzukommen, und bereits nach kurzer Zeit waren die notwendigsten Ausrüstungsgegenstände in den Landfähren verstaut.

Unter ihnen glitt eine bewachsene Tiefebene, von unzähligen Flüssen und Flussarmen durchzogen, dahin.

Es wurde Zeit die *Timperwind* zu verlassen, denn sie war bereits auf eine Höhe von 6.000 Meter gesunken und die Außenhaut begann einen rötlichen Schimmer anzunehmen.

„Landefähre *Alpha 1* …, startbereit!“

„Landefähre *Alpha 2* …, startbereit!“

„Na, dann los!“

Die hydraulische Einrichtung schleuderte die diskusförmigen Fähren aus dem Hangar der *Timperwind* hinaus ins All. Der Brennstoffzellenantrieb begann sofort den Sturz auf den Planeten hinab abzubremsen.

Gerade noch rechtzeitig hatten sie den Weltraumkreuzer verlassen.

Mit rotglühender Hülle raste die *Timperwind*, einen feurigen Schweif hinter sich herziehend durch die dichten

Schichten der Atmosphäre. Wie als wenn der Himmel barst, explodierte sie über der riesigen Wasserfläche des Planeten.

Die durch die Atmosphäre rasende Druckwelle erreichte die Landefähre *Alpha 1* in dem Moment als Sörensen gerade die Zusammensetzung der unteren Luftschichten analysierte.

„Es ist die gleiche Atmosphäre wie auf der Erde. Solch ein Zufall ist doch unmöglich, das gibt es nur in diesen utopischen Romanen“, wandte sich Sörensen an Wesley.

„Nur gut, dass dieser utopische Roman Realität ist, da haben wir wenigstens Überlebenschancen …“ weiter kam Wesley nicht.

Die heranrasende Druckwelle ergriff die Landefähre und schleuderte sie hin und her. Nur mit Mühe konnte das automatische Stabilisierungssystem der Lage Herr werden.

Als die Schlingerbewegungen aufhörten, empfand Wesley das bis zur Übelkeit süßliche Gefühl der Schwerelosigkeit.

Das Bremstriebwerk der Landefähre begann auf Hochtouren zu arbeiten.

Bei 5.000 Meter ließ Sörensen die metallenen Schutzblenden in die Wandungshohlräume zurückgleiten. Durch die Quarzglaskuppel waren Gebirgszüge zu erkennen, die Wolkenfelder teilweise verdeckten.

4.000 …, 3.000 Meter ...

2.000 Meter … In der Ferne tauchten weitere Gebirgszüge auf. Sie waren flacher. Festes Land lag unter ihnen.

Verschwunden war die Wolkendecke.

Sörensen hatte krampfhaft auf den Höhenmesser gesehen und dann die Augen geschlossen. Sein Gesicht war blutleer und mit den Fingern krallte er sich an der Lehne seines Sitzes fest.

Der Skalenzeiger des Höhenmessers sank unerbittlich.

1.000 Meter …

Plötzlich kippte die Landefähre nach unten und jagte mehr in Fallrichtung als im schrägen Gleitflug der Oberfläche des unbekannten Planeten entgegen.

Noch 500 Meter …, 400 Meter …

Erschreckend wurde Wesley bewusst, in welcher Lage sie sich befanden. Für den Augenblick vergaß er den phantastischen Anblick, der sich ihm bot. Er hielt sich krampfhaft an der Sessellehne fest, zwang sich eisern die Augen geschlossen zu halten und legte im gleichen Moment die Arme schützend vor den Helm seines Schutzanzuges.

„Centaurus sei uns gnädig“, stöhnte Sörensen und deutete hinab auf die unwirkliche Landschaft, auf die sie zu jagten. „Mammutbäume? ... Tropische Riesen?“

100 Meter …, 50 Meter …

Alpha 1 glitt über die riesigen Baumkronen, bis ein wuchtiger Anprall gegen die Spitze eines Riesenbaumes erfolgte.

30 Meter …

Weitere Stöße und heftige Erschütterungen. Die Landefähre glitt krachend zu Boden, die mickrigen Kronen zahlreicher Bäume umknickend. Durch den Rumpf der Fähre ging ein nervenaufreibendes Kreischen und Jaulen.

Wesley spürte einen brennenden Schmerz im rechten Arm.

Die Landefähre *Alpha 1* berührte den Boden einer flachen Senke und glitt weiter, eine tiefe Furche hinter sich herziehend. Ein Felsbrocken gab dem Metall nicht nach, und teilte die Fähre wie ein Wassertropfen, wenn er auf eine glatte Fläche fiel.

Der folgende unglaublich heftige Knall betäubte Wesleys Gehör und ließ ihm nicht mehr das Dröhnen und Krachen wahrnehmen, mit dem der stählerne Leib über die harte Oberfläche schlitterte.

Splittern, Krachen, tosendes Bersten.

Einzelteile lösten sich und flogen, schwarzen Flecken gleich über die flache Senke.

Wieder und immer wieder bäumte sich die Landefähre auf, als wolle sie nochmals in die Höhe steigen, um dann mit einem letzten Ruck zur Ruhe zu kommen.

Am samtfarbenen Himmel hing der *Proxima Centauri*, gleich einer purpurn glühenden Dunkelsonne. Er tauchte den Planeten *Hope* in dämmriges Licht.

Die Dunkelheit der hereinbrechenden Planetennacht kroch bereits durch den dichten Blätterwald des undurchdringlich scheinenden Urwaldes.

Die Schwüle hing wie eine Glocke über den Spitzen der Riesenbäume und trieb fünf Gestalten in geflickter Fellkleidung den Schweiß aus den Poren.

Faulig roch die Luft.

Ulawa, der Anführer der Wilden spürte greifbar die von Feuchtigkeit geschwängerte Atmosphäre, die tausendfältige Gerüche mit sich führte. Der Wilde hockte zwischen den langen prächtigen Fiederblättern, die auf einem kurzen, dicken Stamm wuchsen. Seinen Speer hielt er zwischen den Knien. Im Gürtelbund steckte griffbereit ein langes Messer. Aufmerksam lauschte er den vielstimmigen Geräuschen der Nacht.

Von ferne hallte das Brüllen wilder Tiere herüber, und ganz in der Nähe, zwischen den Bäumen und Pflanzen, ertönte ein vielstimmiger Chor aus seltsamen Gezwitscher, Pfeifen, Piepen und Grunzen.

Ulawa liebte die nächtlichen Wachstunden und er liebte die Geräusche des Waldes. Im unwirklichen Licht der

Nacht verschmolzen Bäume, Sträucher und Pflanzen zu bizarren Schatten. Für einen Augenblick wollte Ulawa der alte Kinderglaube an Geister und Dämonen wieder ankommen. Da, jener Strauch, glich er nicht einem Kobold, der zur nächtlichen Zeit durch den Wald schlich. Und dort die eigenartige langstielige Pflanze, mit den zweilappigen Blättern war sie nicht in Wahrheit ein bösartiges Ungeheuer?

Ulawa hatte den Glauben an Geister und Dämonen erst mit dem Heranwachsen zum Mannesalter überwunden. Die ungezählten Nächte in der freien Natur hatten ihn davon überzeugt, dass die scheinbaren Ungeheuer in Wirklichkeit ganz natürliche Dinge waren. Sein Blick glitt zu den vier Gestalten, die zusammengerollt auf dem harten Boden lagen. Die sonnengebräunten, wind- und regengewohnten Körper waren vollkommen behaart. Die Narben der furchtbaren Wunden aus den zahlreichen Kämpfen bilden unbewachsene Flecke. Auch im Schlaf hielten die Männer ihre Speere und Keulen festumklammert.

Vor zwei Tagen waren sie zur Jagd aufgebrochen, die Sippe brauchte dringend frisches Fleisch.

Die Nacht begann dahin zu schwinden und ein trüber Tag dämmerte herauf. Dichte Nebel wallten über dem Boden, der langsam nach oben stieg. Er wandte sich um gigantische milchig weiße Gewächse, um gewaltige schmutziggraue Pilze und um zitternde fleischfressende Pflanzen.

Eine der fleischfressenden Pflanzen riss eine sich verzweifelt wehrende riesige Raupe in Stücke.

Aus dem weißen Dunst drangen abgehackte Schreie.

Als die purpurn glühende Dunkelsonne *Proxima Centauri* hinter dem Horizont verschwand und die helle Sonne *Alpha Centauri*, der gelbe Zwerg am Himmel aufzog, bewegten sich die Gestalten in der geflickten Fellkleidung. Einer nach den andern richtete sich auf und schaute abwartend auf Ulawa, der immer noch zwischen den prächtigen Fiederblättern hockte.

Eine buntschimmernde Libelle, groß wie eine Hand, umschwirrte seinen Kopf. Das Surren riss ihn aus seinen Gedanken und er gab durch das Heben der Hand, das Zeichen zum Aufbruch.

Nach fast zwei Stunden Fußmarsch unter dem breitblättrigen Dach hochgewachsener Urwaldpflanzen hinweg erreichten sie den Waldrand. Ulawa blieb stehen und hinter ihm die ganze Horde. Vor ihnen lag eine unübersichtliche Hochebene, auf der das hohe Gras wie die Wellen des Meeres hin und her wog. In weiter Ferne leuchtete der *Alpha Centauri* über der langgestreckten Gebirgskette.

Weiter ging es.

Das Marschieren durch das hohe, dichte Gras bereitete erhebliche Mühen.

Die flache Hochebene begann sich zu verändern. Kleine Bodenerhebungen versperrten das Blickfeld. Oftmals lagen jetzt zahlreiche Felsentrümmer auf dem Weg, der im Gänsemarsch laufenden Wilden.

Sie brannten vor Jagdfieber.

Ulawa ging mit leicht gebeugtem Körper voran. Seine Aufmerksamkeit ließ nicht eine Sekunde nach, so erspähte er auch sofort die Spur im hohen Gras. Die Abdrücke wiesen eine beachtliche Größe auf, und das fast meterhohe Gras war, wie von einer Walze, zwei Meter breit auf den Boden gedrückt. Die Spur führte schnurgerade auf eine mehrere hundert Meter lange Buschgruppe zu.

Geschickt nutzten die Fünfe jede Bodenvertiefung und jedes Gesträuch als Deckung. Stellenweise krochen sie wie die Eidechsen auf dem Bauch über die Felsen.

Hinter der Buschgruppe befand sich ein, mit dichtem Schilf und Schachtelhalmen bestandener, kleiner See. In

Ufernähe war es recht sumpfig, und über dem brackigem Wasser tanzten seltsame Libellen im hellen Licht.

Die Wilden schlichen vorsichtig um die letzten Sträucher der Buschgruppe und was sie da erblickten, ließ ihnen das Blut in den Adern erstarren.

Ein Elefantenkaiman stand im flachen Sumpfwasser, zwischen Schilf und Schachtelhalmen. Der kleine Kopf drehte sich auf dem langen Hals, der in einem gewaltigen Körper endete, hin und her.

Lange beobachteten sie das Tier, ohne sich zu bewegen. Der Wind stand seitlich, sodass der Elefantenkaiman ihre Körperausdünstungen nicht wittern konnte.

Langsam hob das Tier den Kopf und sah zu den fünf Wilden hinüber. Glotzte sie schreckerregend, aus boshaften Augen an.

Der Elefantenkaiman schien doch etwas gewittert zu haben.

Ulawa konnte den Blick des Tieres nicht ertragen. Er schloss die Augen und schleuderte mit kräftigem Schwung den schweren Speer auf das Untier.

Der Speer drang tief in den Leib des Geschöpfes.

Basstiefes Röhren hallte kilometerweit über die Ebene.

Es war also kein unverwundbarer Geist, nur ein gefährlicher Gegner.

Das gab den Wilden Mut.

Nun schleuderten zwei weitere ihre Speere. Sie trafen genau so ihr Ziel wie der Erste.

Der riesige Elefantenkaiman wurde zornig. Wie von Ulawa erwartet, stapfte das Tier blind vor Wut auf sie zu und nahm den ungleichen Kampf auf.

Jetzt flogen die restlichen zwei Speere dem Untier entgegen und trafen ebenfalls ihr Ziel.

Doch die Treffer schienen das Vieh nicht im Geringsten zu stören. Im Gegenteil es wurde nur noch wütender.

Die Wilden zogen sich hinter die ersten Sträucher der Buschgruppe zurück.

Es begann ein Kampf auf Leben und Tod.

Der Elefantenkaiman folgte den Wilden und zwängte sich zwischen die Sträucher, dabei brachen die aus den Wunden ragenden Speere ab. Der mächtige Schwanz des Untiers schnellte herum, holzte das Gestrüpp wie mit einer Sense ab und traf zwei der Wilden. Zermalmt blieben sie regungslos in ihrem eigenen Blut liegen.

Jetzt erst zeigten die Treffer der Speere Wirkung. Das Untier sank in die Knie, richtete sich aber augenblicklich wieder auf und stürmte weiter, dass die Zweige nur so knackten und krachten.

Die Jagdleidenschaft packte die drei Wilden. Sie stürzten sich auf den verwundeten Tierriesen, für kurze Zeit waren die toten Gefährten vergessen. Man konnte es kaum glauben, was für eine Kraft und Ausdauer in den mageren Männern steckte. Sie hatten kein Gramm Fett am Körper und über die Arme zogen sich wie dicke Seile die Muskeln elastisch und zäh hin.

Der verwundete Elefantenkaiman wütete arg. Mit dem mächtigen Schwanz fegte er einen weiteren Wilden von den Beinen.

Da sprang Ulawa, wie von der Feder geschnellt, auf den lederartigen Rücken des Untiers. In der Hand blitzte die lange Klinge des Messers. Mit einem kräftigen Stoß jagte er es bis zum Heft in den Nacken des Tieres.

Hellrotes Blut sprudelte in kurzen Stößen aus der Stichwunde.

Zitternd blieb der Elefantenkaiman stehen und krachte dann mit dumpfem Laut zu Boden. Aus dem weitaufgerissenen Maul, in dessen fleischigem Grund blitzende Zahnreihen sichtbar wurden, ertönte basstiefes Röhren.

Mit einem Satz sprang Ulawa von dem Rücken des Tieres und brachte sich mit schnellen Sprüngen in Sicherheit.

Mühsam stemmte sich das Untier hoch und blieb tatsächlich auf zitternden Beinen stehen. Dann versuchte es, alles blindwütig niedertrampelnd, seinem Gegner zu folgen.

Ulawa wich mit den Männern weiter in das dichte Gestrüpp zurück. Hier konnte ihnen der Elefantenkaiman nichts anhaben.

Der sah plötzlich keinen Feind mehr vor sich. In rasender Wut zertrampelte er Sträucher, zerwühlte mit dem riesigen Schwanz den Boden und schleuderte schnaubend Rasenstücken in die Höhe. Schließlich zog sich das Tier, abgekämpft in das sumpfige Wasser des Teiches zurück, um die Wunden und seine Wut zu kühlen. Gurgelnd verschwand der Elefantenkaiman unter der Wasseroberfläche.

Immer weiter ausbreitende Kreise auf der Oberfläche des brackigem Wasser kennzeichneten die Stelle des Verschwindens.

Über allem schwirrten Wolken von Mücken und Fliegen.

Plötzlich stürzten sich die Mücken und Fliegen auf die Wilden und stachen unbarmherzig zu. Um sich schlagend ergriffen diese die Flucht und fanden erst im dichten Walde Schutz vor der sie umschwirrenden Plage.

Aufkommender frischer Wind trieb die Insektenwolke schließlich auseinander.

Im Schutz des Waldes ließen sich die Wilden erschöpft im borstigen Gras nieder. Jetzt erst bemerkten sie wie Hunger und Durst in den Eingeweiden wühlten. Verzweifelt suchend glitt der Blick über die flache Senke, die sich vor dem Wald erstreckte.

Weit und breit nur borstiges Gras, zwischen dem an verschiedenen Stellen nackte Felsen hervor schauten. Dort wo der Boden feucht war, wuchsen Bärlapp, Moos und niedrige Farnbüsche.

Das ganze Sinnen und Trachten der Männer galt der Jagd nach etwas Essbaren. Sie verschwendeten keinen Blick für die Schönheit der Natur, die hier auf dem Planeten *Hope* vorherrschte.

Die Astwinkel der Riesenbäume besiedelten Orchideen in allen möglichen Farben. Hier und dort leuchteten im Grünen schneeweiße Sterne mit schwefelgelben Kelchschlünden, aus denen sich seltsam geformte Zungen gierig den Wilden entgegen reckten. An anderer Stelle hoben sich aus dem magischen Zwielicht des Waldes starre blütentragende Stängel in allen Schattierungen von Orangerot, Rindenbraun, Meerblau und Goldrosafarben hervor.

Die hier herrschende Luftfeuchtigkeit schien jede Aktivität ersticken zu wollen.

Ein Krachen und Bersten ließ die Wilden aufschrecken.

Aus dem Unterholz brach ein Schuppenmonster hervor. Sich auf säulenartigen Beinen vorwärts bewegend hielt es mit rasiermesserscharfen Zähnen den Hals eines Beutetieres gepackt. Schüttelte es hin und her und biss schließlich zu.

Laut knirschend brach das Genick.

Gierig riss die Echse mit mächtigen Krallen ganze Patzen von Fleischstücke heraus und schlang sie würgend herunter.

Langsam, Schritt für Schritt bewegten sich die Wilden auf die Echse zu und schauten heißhungrig auf die Fleischreste, die das Monster in seiner Fressgier zu Boden fallen ließ.

Mit erhobenem Kopf und zufriedenem Grunzen drehte sich die Echse schließlich um und verschwand mit Krachen und Bersten im Wald.

Auf diesen Augenblick hatten die Wilden nur gewartet. Allen voran stürzte Ulawa auf die blutigen Fleischreste. Mit dem Messer trennte er sich einen großen Brocken ab. Gierig riss er mit den kräftigen Zähnen Fetzen von dem rohen Fleisch ab und schlang sie herunter. Frisches Blut lief die Mundwinkel hinab.

In ihrer Fressgier wurden sie durch schwirrende Geräusche unterbrochen.

Sie kamen aus der Luft.

Ein riesiger Schwarm großer Vögel, dessen Gefieder in verschiedenen Farben glänzte, flatterte aus Richtung des Gebirges heran und landete am Rande des Waldes. Sie verschwanden im tiefen Gras und zwischen den gefächerten Farnen.

Hier und dort erhob sich einer der schönen orangeroten Vögel mit dem dunkelpurpurroten Scheitelkamm und den schwarzbraunen, weiß geränderten und gefleckten Flügel- und Schwanzfedern aus dem dürren Gras. Auffällig bunt waren die Männchen gegenüber den bescheidenen einfarbigen braunen Weibchen.

Donnerartiges Geräusch.

Erschrocken blickten die Wilden nach oben.

Der Himmel über der Gebirgskette schien sich zu spalten und in Flammen zu stehen. Ein runder flammender Gegenstand raste über sie hinweg, glühende Hitze ausstrahlend.

Blitzschnell warfen sich die Wilden zu Boden. Ihre Körper zitterten vor Angst und die Zähne schlugen wie im Fieber aufeinander.

Die über sie hinwegrauschende Feuerkugel war im vorderen Teil wesentlich breiter als am Ende und erinnerte in ihrer Farbe an das Feuer des Tages. Zwar wirkte das feuerspeiende Ungetüm viel größer als die Sonne Alpha Centauri, aber dafür in der Leuchtkraft viel gedämpfter. Hinter der Flamme zog etwas drein, dass wie Staub aussah und sich zu kleinen Wölkchen zusammen kräuselte. Der leuchtende Schweif riss blauweißen Dunst hinter sich her. Kaum war das feurige Geschoss am Horizont verschwunden rollte gewaltiger Donner über die Wilden hinweg.

Ein riesiger Feuerball stieg in den Himmel. Er riss eine Säule aus verdampfendem Gestein hinter sich her. Der Explosionsstaub dehnte sich bis in großer Höhe aus und verdunkelte in Form eines riesigen Pilzes die Sonne Alpha Centauri.

Am Horizont zog wie zur Antwort, in phantastischen Zacken, eine dunkelviolette Wolkenwand auf. Den bläulichen - purpurroten Saum erhellte hin und wieder zuckender Lichtschein.

Schnell kamen die hoch aufgetürmten Wolken näher.

Instinktiv suchten die Wilden Schutz und erblickten ganz in der Nähe einen Fels, der an einer Stelle weit überhing. Stolpernd und strauchelnd stürzten sie im hohen Gras, ausrutschend an abschüssigen Stellen, vorwärts.

Die bläulich purpurrot umsäumte Wolkenwand erreichte die Mitte des Himmels. Es kochte und brodelte in ihr.

Finsternis überzog das Land.

Die dunkelvioletten Farben des Brodems gingen in ein undurchsichtiges tiefes Schwarz über. Sie glich jetzt einem Abgrund, den ganze Bündel von Blitzen in einem fort aufflammen ließen. Der Donner grollte mit elementarer Wucht.

Tobender Aufruhr der Natur.

Die Wilden erreichten den schützenden Felsen. Schreckliches Krachen, das sogar noch das Rollen des Donners übertönte, ließ sie erbleichen.

Die Welt schien unterzugehen.

Teuflische Angst erfasste die Wilden.

Ein Wirbelsturm brauste über sie hinweg. In der Luft fegten Wolken von Blättern, Pflanzen, Zweigen und entwurzelte Sträucher vorbei.

Dunkler und dunkler wurde es. Die eigene Hand konnten sie nicht mehr vor den Augen erkennen.

Urplötzlich begann der Wolkenbruch. Regentropfen und Hagelschlossen prasselten zu Boden. Im Nu schossen trübe Sturzbäche unaufhaltsam die Hänge hinunter, wuschen tiefe Rinnen aus und entwurzelten dicke Stämme mit langen prächtigen Fiederblättern. Am Ende ihres zerstörerischen Laufes ergossen sie sich in zu tobenden Flüsse anschwellende Bäche.

Grelle zuckende Blitze erhellten für kurze Augenblicke das schreckliche Bild.

Das Wimmern unter dem schützenden Felsen wurde immer lauter. Die Wilden rückten dichter, immer dichter zusammen.

Mit dem letzten grellen Blitz und berstenden Donnerschlag verlor das Unwetter zusehends an Kraft.

Es klärte sich auf.

Die Windböen wurden schwächer.

Lärm und Donnerrollen verhallten.

Der Regen hörte auf.

Am Himmel jagten graue Wolkenfetzen dahin. Die Sonne Alpha Centauri begann sich wieder zu zeigen und beschien das Vernichtungswerk des Orkans.

Wie zum Hohn spannte sich über das Bild der Zerstörung, in intensiv leuchtenden Farben, ein Mehrfachregenbogen.

Die Wilden krochen unter dem Felsen hervor und schauten sich vorsichtig um, und was sie da zu sehen bekamen, ließ sie zu Salzsäulen erstarren.

Wie ein feuerspeiender Bote aus der Unendlichkeit des Weltraumes sank langsam ein diskusförmiger Flugkörper herab. Unaufhörlich schossen lange Flammenzungen nach unten, haushohe Staub- und Gesteinswolken aus dem Boden reißend.

Langsam schoben sich die Landebeine mit den runden Auflagetellern aus dem Rumpf.

Ungläubiges Staunen, gemischt mit Entsetzen spiegelte sich in den Augen der Wilden wieder.

Plötzlich kippte der Diskus nach unten. Raste gegen die Spitzen der Riesenbäume, knickte prächtige Fiederblätter von den kurzen, dicken Stämmen ab, um dann mit knirschendem Geräusch über den Steinboden hinzugleiten. Wie eine unvorstellbar große Spinne mit gebrochenen Beinen blieb das seltsame Gebilde in der Senke liegen.

Die urplötzlich eintretende Stille war noch erschreckender.

Es dauerte Sekunden, bis die Wilden ihre Fassung wieder fanden. Das war ihnen nun wirklich zu viel und sie rannten in panischer Angst davon. Ihr Fluchtweg führte über einen wenig benutzten Fußpfad, vorbei an mächtigen Obelisken, tief in den Urwald hinein. Sie hielten erst in ihrem Lauf inne, als sich der Wald wieder zu lichten begann.

Vor ihnen lag offenes Land.

Unweit an einem Flussufer standen sechs spitze Lederzelte rund um eine Feuerstelle. Die Zelte unterschieden sich in keiner Art und Weise voneinander, selbst schmutzig waren sie in der gleichen Weise.

Rauch stieg gerade zum Himmel empor.

Ein Dutzend schemenhafter Gestalten tauchten zwischen den Zelten auf und sahen erwartungsvoll den Ankömmlingen entgegen.

Der Lagerplatz der Sippe, der wie durch ein Wunder von dem fürchterlichen Unwetter verschont geblieben war.

Irgendwie gehörte der Gegenstand nicht in diese Landschaft. Die diskusförmige Scheibe zerbeult und aufgerissen hatte sich in den rötlichen Boden gebohrt.

Eine seltsame Stille herrschte. Es schien als wollte die Natur den Atem anhalten.

Nirgends eine Bewegung, auch nicht in der Nähe des irdischen Gebildes.

Ja, es war ein irdisches Gebilde, und zwar die Landefähre *Alpha 1*.

Die Zeit verstrich.

Sekunden wurden zu Minuten.

Aus den Minuten wurde eine viertel Stunde.

Da kam Bewegung in eine der leblosen Gestalten. Die Hände tasteten vorsichtig den Raumanzug ab. Alle Gelenke schmerzten Wesley, er fühlte sich wie gerädert; aber seine Glieder waren heil, und er spürte nirgends eine offene Wunde.

Es schien alles in Ordnung zu sein.

Er atmete auf und schaute sich um. Nicht weit entfernt von ihm begann sich eine zweite Gestalt zu bewegen. „He, alles in Ordnung?"

„Ja ..., doch ...", erklang die Stimme Sörensens im Helmfunk.

Stille.

Den Atem anhaltend lauschte Wesley in die Lautlosigkeit. Er kam sich plötzlich, trotz Sörensens Anwesenheit, unendlich allein und verlassen vor. Seine Gedanken schweiften weit durch das All, bis zu einem kleinen Stern, der in der Leere des Raumes stand, und um den neun Planeten kreisten. Einer davon, der Dritte, war seine Heimat, aber diese Heimat war jetzt sehr weit von ihm entfernt. Verzweiflung erfasste ihn.

Allmählich gewann Wesley sein Gehör zurück, aber außer dem Knacken abkühlenden Metalls drangen keine weiteren Geräusche an seine Ohren. Mit einiger Mühe konnte er die Gurte lösen. Dann nahm er einen schwachen Lichtschimmer war, der durch das gezackte Loch der Außenhülle drang. Zunächst musste er einiges Gerümpel zur Seite räumen, um an das Leck heranzukommen. Vorsichtig kroch er durch die Öffnung ins Freie.

„Wesley!“ schreckte ihn die Stimme Sörensens auf. „Nach der letzten Analyse entspricht die Zusammensetzung der Atmosphäre hier ungefähr der unserer Erde. Sauerstoff ist ausreichend vorhanden. Der prozentuale Anteil von Kohlendioxyd liegt allerdings etwas höher, auch ist ein größerer Prozentsatz des Edelgases Helium vorhanden … Trotz allem ist das Glück uns hold geblieben.“

Wesley atmete erleichtert auf. Es bestand also doch noch Hoffnung. Sie hatten dem Planeten schon den richtigen Namen gegeben: *Hope - Hoffnung*.

Ob das allerdings ein Grund zur Freude war, musste sich erst herausstellen, denn wer wusste schon, was sie hier erwarten würde.

Vorsichtig bewegte Sörensen die Glieder. Gebrochen schien nichts zu sein, nur der Kopf und die linke Schulter schmerzten etwas. Auf seinem rechten Oberschenkel lagen die Reste einer Konsole. Verknäulte Streben befanden sich nur Handbreit vom Kopf entfernt.

Die durchsichtige Kuppel der Landefähre war aufgerissen.

Behutsam, jedem scharfen Zacken ausweichend kroch Sörensen nach draußen.

Endlich hatte er es geschafft.

Hier saß Wesley bereits aufrecht im hohen Gras und verfolgte jede Bewegung Sörensens, dessen blondes Haar blutbeschmiert war.

Wie der Einschlag eines Blitzes zuckte es durch Wesleys Gehirn: Sörensen hatte den Helm geöffnet, also bestand kein Zweifel, die Luft des fremden Planeten war nicht vergiftet.

Sörensen richtete sich auf und bewegte sich, etwas das Bein nachziehend auf Wesley zu.

„Was hast Du mit dem Fuß gemacht?“, erkundigte sich Wesley besorgt.

„Als wir mit der Landfähre abschmierten, schlug mir die eine Apparaturtafel auf den Oberschenkel. Seit dem habe ich Schmerzen.“

„Hoffentlich ist es nicht gebrochen.“

„Nein, ich glaube nicht. Aber eine schöne Prellung habe ich davon getragen.“

Kaum hatte Sörensen Wesley erreicht drehte er sich um und schaute zur Landefähre zurück. Seinem Blick bot sich ein Bild der Verwüstung. Umgestürzte Bäume, niedergedrücktes Gras, flach gewalzte Schachtelhalme und herausgerissene Sträucher, wohin auch das Auge schaute. Als die Fähre ins Blickfeld geriet, fuhr ihm der Schreck doch in die Glieder. Er brauchte mehrere Minuten, um zu begreifen, was er da sah. *Alpha 1* war nur noch ein Schrotthaufen, ein Gewirr aus Stahl, Plaste und Glas. Damit war ein Start, wenn auch nur zu Erkundungsflügen, nicht mehr möglich.

Ein leichtes, fast unhörbares Sausen lag plötzlich in der Luft, das lauter und lauter wurde.

Wesley drehte sich um, doch dann erstarrte er mitten in der Bewegung.

Fauchend schoss ein Schatten über ihre Köpfe hinweg und verschwand hinter den Riesenbäumen des Waldes.

„Sven! ... Sven! ... Das ist *Alpha 2*! ... Es können höchstens zehn Kilometer sein, wo sie runter gegangen ist ... Los wir müssen sie finden!“

Unbeirrt von der Aufregung, die Wesley an den Tag legte, sprach Sörensen: „Komm lass uns erst die lästigen Dinger ablegen, hier benötigen wir die Schutzanzüge ja doch nicht mehr.“

Im nächsten Augenblick schlüpften er auch schon aus dem Skaphander und ließ ihn achtlos in das hohe Gras fallen.

Wesley folgte sofort seinem Beispiel.

„Vorwärts …, komm schon wir müssen *Alpha 2* finden, ich weiß noch genau die Richtung, in der sie runter gegangen ist.“

„Nun mal langsam Wesley, wollen erst mal schauen, ob wir noch etwas Brauchbares in diesem Trümmerhaufen finden. Zwischen uns und der Absturzstelle von *Alpha 2* liegt vielleicht meilenweiter Urwald, ein gefährliches Land ohne Weg und Steg. Moraste, in denen man versinkt. Ungeheuerliche Wesen, mit deren Lebensformen wir nicht vertraut sind …“

Wesley schüttelte den Kopf. „Die sind nicht abgestürzt, so sah das nicht aus. Ich weiß, dass sie am Leben sind! Wir müssen zu ihnen Sven! Wir dürfen sie da nicht allein lassen!“

„Werden wir auch nicht. Aber erst müssen wir sehen, ob wir noch etwas Nützliches in diesem Trümmerhaufen finden!“

Sie begannen zwischen Stahlfetzen zu wühlen, hoben mühsam bizarr gebogene Träger an und schoben zersplitterte Plastestücke zur Seite. Ihre Bemühungen wurden belohnt, denn sie fanden zwei Laserpistolen vom Typ *Sigma Westar-34-Blaster* und ein langes Haumesser. Beflügelt von dem Erfolg suchten sie noch eine ganze Stunde weiter.

Es war aber nur ein armseliges, kleines Häuflein von Dingen, das sie noch entdeckten. Wie sollten sie da ihr

Leben auf dem fremden Planeten verteidigen, von dessen Lebensformen sie nicht das Geringste wussten.

„Jetzt können wir", bemerkte Sörensen endlich.

Mühselig bahnten sie sich den Weg durch das hohe, borstige Gras und die dichten Farnwände. Als sie einer Ansammlung von Schachtelhalmen auswichen, standen sie plötzlich vor der grünen Wand des Urwaldes.

Über den Baumwipfeln schwebten riesige Libellen und andere ebenso große Insekten. Laut flatternd erhob sich ein riesiger Schwarm in verschiedenen blauen Farbnuancen schillernden Vögeln, der in Richtung des Gebirges davonflog.

Das Walddickicht selbst schien, ohne Leben zu sein.

Sie mussten durch diese Dschungel bewachsene Ebene des fremden, unerforschten Planeten hindurch, den sicherlich außer ihnen noch keines Menschen Fuß betreten hatte.

Warme Luft stieg empor.

Die ersten Meter bahnten sie sich mühsam mit dem Haumesser. Die Laserpistolen wollten sie dafür nicht einsetzen, sie würden diese Waffen bestimmt noch für wichtigere Dinge benötigen.

Sörensen trat die Gewächse nieder, die sich auf seinem Weg entgegenstellten, und bewunderte im geheimen Wesley, mit welchem Orientierungssinn er den richtigen Weg zu finden schien.

Endlich lichtete sich das Halbdunkel des grünen Gewölbes riesiger alter Bäume.

Das Unterholz stand auch nicht mehr so dicht.

Farne und verschiedene Moose wuchsen hier nicht nur unter den smaragdgrün schimmernden Bäumen, sondern auch auf ihnen.

„Sven, dass da muss aber ein besonders alter Baum sein. Schachtelhalme wachsen sogar auf den Ästen." Mit diesen Worten wies Wesley Richtung eines dicken Baumes, in dessen Krone graue Lianen wie Taue von einem ausgemusterten Segelschiff herunter hingen.

Zwischen dichtem Blattwerk schwirrten und zirpten Insekten.

Am Boden herrschte Stille.

Von wegen Stille.

Ab und zu glitt eine Schlange oder eine Eidechse raschelnd durch das Laub des Waldes. Große Tiere bahnten sich den Weg knackend durch das verfilzte Unterholz.

Helle Strahlen der Sonne *Alpha Centauri* fielen an den lichten Stellen durch das Blätterdach und zeichneten eine scharfe, zitternde Bahn.

Stellenweise schlugen sich die Gestrandeten Meter für Meter mit den Haumessern den Weg durch die kreuz und quer rankenden und nieder hängenden Lianen frei.

Vorbei ging es an winzigen Schösslingen, die kaum Zeit gehabt hatten, den ersten Wedel auszubilden, bis zu Giganten, die über dreißig Meter weit in die Höhe ragten.

Nach kurzen Verschnaufpausen setzten sie ihren Weg durch die Wirrnis verfilzten Unterholzes fort. Gestürzte Urwaldriesen mussten überklettert oder umgangen werden.

Grünliches Halbdunkel umgab sie. Die Luft war feucht und heiß und voll eines eigenartigen, jedoch nicht unangenehmen Geruches.

Mit schlafwandlerischer Sicherheit schien sich Wesley in die richtige Richtung vorwärts zu bewegen.

Plötzlich traten sie auf einen wenig benutzten Wildpfad hinaus.

Wesley schaute nach rechts und dann nach links, bevor er sich an Sörensen wandte: „Es scheint jetzt kommen wir schneller vorwärts. Der Pfad führt genau in die Richtung des Landeplatzes von *Alpha 2*.“

„Bist du dir da auch sicher?“

„Wirst schon sehen … Folge mir!“

Vielleicht zehn Minuten mochten vergangen sein, seitdem sie den Pfad entlang schritten als Wesley stehen blieb und aufgeregt hervorstieß: „Das sind aber riesige Eindrücke!“

Die Spur war etwa zwei Meter breit. Schnurgerade folgte sie den Windungen des Pfades.

„Unvorstellbar!“, bemerkte Sörensen bleich vor Aufregung. „Habe im Leben noch nie etwas Ähnliches gesehen. Oder du etwa?“

„Nein! Ist aber sicherlich die Spur eines Tieres. Die Hinterfüße haben drei Zehen, und dort der Abdruck der Vorderfüße mit fünf Zehen!“ Wesley bückte sich, drückte das hohe Gras am Rand der Abdrücke zur Seite und befühlte die Ränder. „Nur gut, dass die Spur alt ist. Wer weiß, was wir für eine Überraschung erlebt hätten.“

Wortlos starrte Sörensen auf die große, tiefe Fährte.

Hastig wollte Wesley auf der Spur vorangehen, doch Sörensen hielt ihn am Arm zurück. „Langsam, alter Junge!“ mahnte er. „Willst du dein Leben leichtsinnig in Gefahr bringen? Ich bin mir nicht sicher, ob die Spur alt ist.“

„Und wenn? Was kann schon passieren? Wenn wir wirklich angegriffen werden sollten, werden wir uns mit den Blastern zu wehren wissen“, erwiderte Wesley eigensinnig.

„Das kannst du nicht hundertprozentig behaupten, Welf! Wir wissen nicht, wie die Lebewesen dieser Welt beschaffen sind. Das Tier, das jene Spur hinterlassen hat, muss ein Gigant sein. Größte Vorsicht ist durchaus angebracht.“

Langsam folgten die beiden Männer der Spur.

Der Wald begann sich zu lichten. Die Strahlen der Sonne Alpha Centauri drangen bis zum Boden. Zwischen dem hohen Gras und dichten Sträuchern herrschte wimmelndes Leben. Ein Schmetterling von fünfundzwanzig Zentimeter Flügelspannweite flatterte vorbei.

Als Wesley die Unvorsichtigkeit beging einen faustgroßen Käfer von einem riesen Farn abnehmen zu wollen, kratzte dieser und verbiss sich schmerzhaft in der Hand. Mit einem wütenden Schrei zuckte er zurück und schüttelte verzweifelt die Hand hin und her.

Nur mühsam gelang es den Käfer zu entfernen.

Wesley betrachtete die misshandelte Handfläche, schaute dann nach dem Wesen, dem er die Misshandlung zu verdanken hatte.

Dieses machte sich eilends davon.

„Zeig mal her“, sprach Sörensen und ergriff Wesleys Hand. „Scheinst noch mal Schwein gehabt zu haben, mit solchen nichtirdischen Wesen ist nicht zu spaßen.“

„Hoffentlich führt der Pfad uns bald aus dem Wald heraus“, maulte Wesley.

Sie schritten weiter. Beide trugen jetzt ihre *Sigma Westar-34 Blaster* schussbereit in der Hand.

Sörensen, das rechte Bein immer noch etwas nachziehend, blieb etwas zurück.

Unerwartet hielt Wesley an und hob warnend die Hand.

Im Bodengestrüpp war ein Krachen und Knacken zu hören.

Ärgerlich blickte Sörensen zum Ort des Polterers hin.

Rasch lauter werdende Geräusche knickender Zweige kamen näher und näher. Es musste wohl ein großes Tier sein.

„Vorsicht!“, schrie Sörensen, der die Schlange als Erster erblickte.

Blitzschnell drehte sich Wesley um und erfasste die Situation mit einem Blick.

Eine Riesenschlange hatte ihren metallisch glänzenden, gelbgrünen Leib in Angriffsstellung gebracht.

Blitzschnell richtete Wesley die *Sigma Westar* auf die Schlange. Wie hypnotisiert schaute er das Reptil unverwandt in die Augen.

Die Schlange hatte den wulstigen Leib in Serpentinen gelegt und die Augen blickten mit stechenden und heimtückischen Blick. Es schien sie sehr zu reizen das Wesley sie unverwandt anblickte.

Auge in Auge standen sie sich gegenüber.

Wesley beschlich Müdigkeit. Der Rücken begann zu schmerzen. Schließlich begann er sich langsam rückwärts zu bewegen.

Vorsichtig, ganz vorsichtig.

Schritt für Schritt.

Ein umgestürzter Urwaldriese gebot ihm halt.

Die Schlange nutzte die Situation aus und schoss förmlich vorwärts.

In Bruchteilen einer Sekunde erkannte Wesley die Gefahr. Er riss die Laserpistole, die fest in der Hand lag, hoch. Richtete sie auf die Schlange. Im Fadenkreuz des Zielfernrohres erschien der Schädel des näherkommenden Reptils. Ohne zu zögern, zog er den Abzug durch.

Ein dünnes, grünliches Strahlenbündel schoss aus dem Lauf der Waffe und traf haargenau den Kopf des Ungetüms, das die tödliche Wirkung des Laserstrahls ignorierte.

Ein zweiter Laserstrahl schoss auf die Riesenschlange zu. Er kam aus Sörensens Handfeuerwaffe.

Der grünliche, dünne Strahl fraß sich gierig in den sich windenden Körper der Schlange.

Der zehn Meter lange Leib des Reptils bäumte sich auf, schoss fast senkrecht in die Höhe und fiel dann schwer auf den Boden zurück.

Strahl auf Strahl schossen auf das Ungeheuer zu.

Die beiden Männer stellten das Feuer erst ein, als der Gigant sich nicht mehr bewegte. Nur fünf Meter von den beiden entfernt lag die Schwanzspitze des getöteten Reptils.

Auf Wesleys Stirn perlten Schweißtropfen. Leichenblässe überzog das Gesicht. „Wir sind dem Tod mal wieder in aller letzter Sekunde entronnen“, flüsterte er keuchend. „Ich habe nur noch einen Wunsch, so schnell wie möglich *Alpha 2* zu finden.“

Sörensen nickte schweigend.

Nach einer weiteren halben Stunde strammen Fußmarsches öffnete sich vor ihnen der Blätterwald. Der Pfad mündete auf einer Lichtung, die weit bis in die Richtung der fernen Berge reichte.

Dort, wo der Wald sich in das freie Gelände vorschob, weideten Echsen. Bis zur Schwanzspitze hatten sie einen dunklen Rücken und einen helleren Bauch. Sie rissen aufrecht stehend mit ihren dicken Lefzen Fiederblätter, zarte Schachtelhalm- und Farntriebe ab. Die jungen Tiere fraßen Gras. Komisch sahen sie aus und hatten im Moment nichts Gefährliches an sich. Ihre dicken Hinterteile erhoben sich über den übrigen Körper, und ihr kurzer aber dicker Schwanz bewegte sich hin und her. Wenn der Kopf und die Beine der Tiere im hohen Gras verschwanden, glaubte man einen fast fünf Meter hohen Hügel vor sich zu haben. Die massigen Körper schützte eine Panzerung aus runden Schuppen, die größeren Plättchen bedeckten die Oberseite und die Flanken, die kleineren die Unterseite und die Beine.

In unmittelbarer Nähe begannen jetzt zwei der Tiere umherzutollen.

„Sieht bald so aus als wollten zwei übermütige Knaben haschen spielen.“

Dabei führten die Tiere mit den Hinterbeinen, aber auch mit allen vier Beinen ungeschickte Sprünge aus.

„Da ...! Da ...!“ lenkte Wesley aufgeregt die Aufmerksamkeit Sörensens in eine andere Richtung.

Sörensen fuhr zusammen, wendete sich geschwind nach Wesley um und erkundigte sich erregt: „Was ist den los?“ Die *Sigma Westar* lag wie hingezaubert in seiner Hand. Doch das, was er da erblickte ließ ihn mit erleichtertem Aufatmen die Waffe in den Gürtel stecken. Zufriedenes Lächeln spielte um seine Mundwinkel.

„Na endlich! Wir haben es geschafft!“

In einer Entfernung von ungefähr 2.000 Meter stand die diskusförmige Landefähre *Alpha 2* auf ihren drei Teleskopfederbeinen, als wenn nichts geschehen wäre.

Im Laufschritt legten sie die letzte Strecke des Weges zurück. Beim Näherkommen bemerkten sie das die Teleskopfederbeine mit ihren Tellern etwa vier Meter tief eingesunken waren.

Nein es war kein Traum.

Langsam öffnete sich die schwere Luke der Fähre. Die Gangway fuhr schleppend herunter und setzte im Gras auf. Oben, in der dunklen Öffnung erschien eine Gestalt im Skaphander. Gontor hatte den Helm nach hinten geklappt und winkte den beiden zu.

Eine zweite Gestalt ließ sich blicken.

Es war Peer Weick.

Befreiendes Lachen.

Grüße und Scherze flogen zwischen den vier Astronauten hin und her. Es regnete Worte der Verwunderung, Fragen über die Rettung und noch unglaubwürdige Antworten.

Verwirrend!

Fieberhaft!

Erregt!

Wesley bedrängte Weick immer wieder, doch zu erzählen, wie es ihnen ergangen war.

„Immer langsam mit den jungen Pferden!“ wehrte er Wesley lachend ab. „Eins nach dem anderen! Ich kann nicht neunundneunzig Fragen auf einmal beantworten!“

Die viere benötigen einige Zeit, um sich mit den neuen Verhältnissen abzufinden.

Wesley ließ Weick keine Ruhe.

Genervt begann dieser schließlich mit der Schilderung.

Aufmerksam hörten Wesley und Sörensen zu.

„Nach dem Besteigen der Raumfähre *Alpha 2* wollten wir wie ihr die *Timperwind* verlassen. Mit Entsetzen stellten wir fest, die hydraulische Einrichtung funktionierte nicht. Fast zehn Minuten vergingen, um den Fehler zu finden und dann noch einmal fünf zu dessen Beseitigung. Nach dem Ausstoßen aus dem Inneren des Hangars wurde die *Alpha 2* wie ein welkes Blatt, in dem nicht mehr überbietbaren Chaos das in der Atmosphäre herrschte, hin und her geschüttelt. Wir sahen am Horizont bereits die große Wasserfläche des Planeten, da heulten erst die Triebwerke der Landefähre auf. Nach einem harten Kampf mit den Elementen gelang es mir die Fähre endlich in die Gewalt zu bekommen. Ich wollte schon erleichtert aufatmen, da schien uns eine Titanen Faust zu erfassen. Das Flimmern des blauweißen Scheins durchschlagender Entladungen hüllte die Landefähre ein. Ohrenbetäubendes Kreischen erfüllte die Kabine. Die Bildschirme fielen aus. Rote Warnsignale flackerten, und zu allem Unglück begannen die Triebwerke zu stottern. Die Landefähre bockte wie ein Ziegenbock. Ich verlor erneut die Herrschaft über die Steuerung. Verzögerungslos schaltete sich diesmal die Notautomatik zu. Das war unser Glück. Weit unten huschten die Konturenhaft erkennbaren Landschaften der Oberfläche vorbei. Längst war der Planet in seiner vollen Größe nicht mehr zu übersehen. Die Landefähre begann zu schlingern, kippte und taumelte. Grüner Urwald, Wolken, Horizont, Wasserflächen, Berge trudelten ins Blickfeld. Rasend schnell stürzten wir auf den Planeten zu. Von Aussteigen konnte keine Rede mehr sein. Plötzlich und unerwartet liefen die Triebwerke wieder auf vollen Touren. Ich bekam die Fähre wieder in die Gewalt. Den gesamten Himmel ausfüllend, wölbte sich der Planet bereits unter der, zur endgültigen Landung antretende Fähre. Im rasenden Horizontalflug flogen wir über die Gebirgskette hinweg, überquerten eine flache Strecke des Festlandes und setzten mit einem gewaltigen Stoß auf der Lichtung auf."

Mit angehaltenem Atem hatten Sörensen und Wesley der Erzählung gelauscht. Wenn sie nicht so etwas Ähnliches selbst erlebt hätten, dann würden sie der Schilderung nicht glauben. Ehe einer der beiden etwas dazu sagen konnte, setzte Weick bereits mit seiner Erzählung fort: „Ich verlor das Bewusstsein. Nebel, die sich langsam zerteilten, Schemen von Licht und Schatten waren das Erste, was ich undeutlich wahrnahm. Dann spürte ich, wie mir jemand Wasser einflößte. Ein kaltes Rinnsal floss übers Kinn auf die Brust. Ich schlug die Augen auf. Die Stimme der Gestalt, die sich über mich gebeugt hatte, vernahm ich klar und deutlich: *Peer hörst du mich? ... Peer! ... Peer, hallo Peer!* An der Stimme merkte ich, dass ein Mann sprach. Doch sein Gesicht konnte ich nicht erkennen, obwohl ich die Augen offen hatte. Alles verschwamm wie im Nebel. Das ist wohl ein Traum dachte ich. Immer deutlicher schälten sich jedoch die Konturen des Gesichtes aus dem Nebel. Dann erkannte ich James Gontor."

Schweigen.

„Als wir mitten in der Kontrolle und Überprüfung der Landefähre waren, mit dem Ergebnis nicht mehr starten zu können, da tauchtet ihr beide auf", ergänzte James Gontor.

Allmählich nahm das Leben der Gestrandeten geregelte Formen an. In erster Linie kam es ihnen darauf an, die geretteten Lebensmittel so wenig wie möglich anzugreifen, um in Notfällen die Überlebenschance auf diesem Planeten zu gewährleisten. Bei der Suche nach etwas Essbarem stellte es sich heraus, dass die vorhandenen Sporenpflanzen zwar essbar, aber vollkommen ohne jeden Geschmack waren. Hingegen wurde eine Knollenpflanze gefunden, die sowohl schmackhaft als auch vitaminhaltig war. Aus Pflanzen mit widerlichen fetten Blättern ließ sich sogar eine leidliche Gemüsesuppe kochen.

Tiere von der Größe eines Hundes hausten am Rande des nahen Urwaldes und bildeten eine angenehme Bereicherung des Küchenzettels.

„Wir kommen nicht wieder zurück, zur Erde“, stellte Gontor fest.

„Und ob wir zurückkommen“, antwortete Wesley, aber seine Sicherheit klang unecht. Seine Augen straften seine Worte Lügen.

„Wenn wir jetzt schon anfangen, zu resignieren, können wir uns gleich einpacken lassen“, sprach Sörensen, dabei seine dunkelblauen Augen leicht zusammenziehend. „Nehmen wir uns Robinson zum Vorbild, den es einst auf eine einsame Insel verschlagen hatte. Sein Kampf ums Überleben und seine Hoffnung die Heimat wieder zu sehen müssen wir uns zu eigen machen.“

„Sven hast recht“, bemerkte Weick, „also hört auf mit der Nölerei.

So wie die Sorge um das nackte Leben verblasste, meldeten sich der Forscherdrang des Menschen und der Wille nach der Suche einer Möglichkeit zur Rückkehr.

Wie ein riesiger Felsblock lastete trotz alledem auf jedem die unerträgliche Spannung was wohl die nächsten Tage, Wochen und Monate bringen würden.

Dunkelheit sank über den Planeten.

Fast übergangslos brach die Nacht herein.

Nur was für eine Nacht das war?

Da der Planet keinen Mond besaß, empfing er während der Nachtstunden das schwache rötliche Licht der Dunkelsonne *Proxima Centauri*, das gerade ausreicht, um größere Konturen erkennen zu lassen.

Schnell wie die flinken Gazellen huschten zwei Gestalten von Baumstamm zu Baumstamm. Hin und wieder verharrten sie um den vielfältigen Geräuschen des Urwaldes zu lauschen. Dann schlängelten sie sich wie Eidechsen durch das undurchdringliche Buschwerk. Aufspringend ging es im leichten Trab, an hohen Zypressenfichten und verkrüppeltem Strauchwerk vorbei.

Die sonnengebräunten, wind- und regengewohnten Körper Kaos und Hiebs schützten geflickte Fellkleidung. Die beiden gehörten der Sippe Ulawas an.

Kaos leiser Aufschrei ließ Hieb im Lauf innehalten.

Hieb blickte sich um und vor Grauen erstarrt, stockte ihm der Atem.

Zwei hellhäutige Lebewesen, seltsam gekleidet, kämpften mit einer riesigen Schlange. In den Händen hielten die Hellhäutigen seltsame Stöcke, aus denen ein dünner grünlicher Strahl auf den Kopf des Ungetüms zu schoss. Plötzlich bäumte sich der zehn Meter lange Leib des Reptils auf, stieg fast senkrecht in die Luft und fiel dann schwer auf den Boden zurück.

Im Eifer des Gefechtes bemerkten die Hellhäutigen nicht, es waren Sörensen und Wesley, dass sie von zwei Planetenbewohnern beobachtet wurden.

Versteckt hatten sich die heimlichen Lauscher hinter einem der dicken Urwaldriesen. Scheu und ängstlich starrten sie, den davon schreitenden Unbekannten nach, die bald zwischen den Bäumen verschwanden.

In den Köpfen der Wilden schwirrten die Gedanken nur so umher. Dunkel und verschwommen erinnerten sie sich an die Geschichten der Alten über feuerspeiende Zweibeiner, die einst vom Himmel herabstiegen. Ungläubig hatten sie zugehört, wenn der Erzähler den Göttern unnatürliche Kräfte zuschrieb. Ihnen nachsagte, dass sie mit einer Handbewegung Donner und Blitz schleuderten. Kao und Hieb hatten es einfach nicht glauben können, denn wie mühsam war es auch nur ein winziges Feuerfünkchen aus zwei aneinander geriebenen Holzstückchen zu locken.

Nein, sie hatten nichts auf die Erzählungen der Alten gegeben.

Sollte nun doch alles der Wahrheit entsprechen?

Waren die Götter wieder gekommen?

Obwohl Sörensen und Wesley schon lange im grünen Gewirr des Urwaldes verschwunden waren, trauten sich Kao und Hieb nicht hinter den Bäumen hervor.

Fast eine Stunde war vergangen, als Kao endlich allen Mut zusammennahm und vorsichtig hinter dem Baum hervortrat. Er schlich sich wachsam umblickend zur toten Riesenschlange hin.

Zögernd folgte Hieb.

Zaudernd betasteten sie den in sich verschlungenen Schlangenkörper. Ihre blitzenden bläulichen Messer ziehend schnitten sie große Brocken aus dem Leib der Schlange. Mit dünnen Lianen verschnürten sie das herausgeschnittene Fleisch zu Bündeln, die sie sich auf die Schultern hoben.

Schnell verschwanden sie zwischen den Riesenbäumen des Urwaldes.

Kao folgte, mit seiner schweren Last, mühelos dem flinken Hieb. Er war mittelgroß. Prächtig gewachsen hatte er eine breite Brust, kräftige Arme und dazu die Beine eines Läufers.

Sie bewegten sich auf den kaum sichtbaren Urwaldpfaden, als wäre der dichte Dschungel ihr Zuhause.

Morsche und umgestürzte Bäume versperrten immer öfter den Weg. An manchen Stellen bildeten die Holzstämme eine undurchdringliche Barriere. Das Geäst der Bäume war wie dichtes Flechtwerk. Tief gebückt, mit der Last des Fleisches auf den Schultern, mussten sie ein Wegestück heil unter einem niedrig hängenden stachligen Gewölbe hindurch kommen. Oftmals verließen sie den Pfad, um die Verwüstungen des letzten Orkans zu umgehen.

Kao hielt im Lauf inne und lauschte in das Grün des Waldes hinein. Ein fremdes Geräusch drang an sein Ohr.

Schwaches Schleifen und Knacken im Unterholz.

Da es sich nicht wiederholte, schwand die Aufmerksamkeit. Im schnellen Lauf versuchte er Hieb einzuholen, der bereits vorausgeeilt war.

Fast hatte er Hieb eingeholt.

Da erklang wieder das Schleifen und das Knacken im Unterholz, nur diesmal lauter.

Kao blieb wie angewurzelt stehen.

Grünlich schillernd blitzte es im dichten Gestrüpp auf. Der meterlange Leib einer Riesenschlange schoss blitzschnell hinter Hieb her und wandte den dicken, muskulösen Leib um den kräftigen Wilden.

Entsetzen lähmte Kaos Füße.

Spiralförmig wickelte sich der Schlangenleib um den Oberkörper. Der Kopf des Reptils verbiss sich im Oberarm des Überraschten. Der Schwanz suchte fühlend festen Halt, um die Ringe noch enger zusammenzuziehen.

Fürchterliche Schreie des Schmerzens kamen über die Lippen des umschlungen.

Als die Schlange Kao erblickte, ließ sie Hiebs Oberarm los und zischte ihn wütend an, dabei züngelte ihre Zunge weit aus dem Hals.

Kao stand der kalte Angstschweiß auf der Stirn. Was sollte er nur machen? Er überlegte eine Sekunde, zwei Sekunden, in dieser lächerlich kurzen Zeit wirbelte ihm alles durch den Kopf, was man gegen eine Schlange unternehmen konnte. Aber was nur? Wenn er den Speer warf, konnte er Hieb treffen, also galt es eine andere Möglichkeit zu finden.

Kao ließ Fleisch und Speer zu Boden fallen. Sprang blitzschnell auf das Biest zu. Packte den Hals mit beiden Händen und drückte dem mächtigen Tier das empfindliche Gelenk zwischen Kopf und Wirbel fest zusammen. Seine Augen hatte er dabei geschlossen. Beide Daumen lagen hinter dem Kopf der Schlange, Zeige- und Mittelfinger im weichen Hals verkrallt. Er drückte mit aller Kraft, die einem nur Mut und Verzweiflung geben konnte. Vor Anstrengung begann bereits das Blut in den Ohren zu rauschen, als er spürte, wie sich ruckartig die Umschlingung der Schlange löste.

Das grässliche Schreien Hiebs brach plötzlich ab. Sein Körper wandte sich auf dem Boden zuckend hin und her. Der einst gewölbte Brustkorb eingedrückt, die Rippen zerquetscht. Mit weit geöffneten Augen beobachtete er den Kampf Kaos mit der Riesenschlange.

Kao hatte den Boden unter den Füßen verloren. Er wollte das Reptil loslassen, aber er konnte es nicht. Die Finger waren wie gelähmt.

Die Schlange peitschte mit ihrem geringelten Leib das Gebüsch und versuchte Kao abzuschütteln. Dabei brachen armdicke Äste wie Glas herunter. Der Waldboden wurde aufgewühlt wie beim Hexentanz in der Walpurgisnacht.

Endlich gelang es Kao, sich von dem Biest, wie von einer festen Wand, abzustoßen. Er stolperte und fiel auf die Knie. Blitzschnell zog er dabei das Steinmesser aus dem Gürtel.

Die Riesenschlange sah ihn mit kalten gleichgültigen Samtaugen an, als ob nichts gewesen wäre, kein Schmerz und keine Enttäuschung über die entgangene Beute. Sie zischte und die lange rote Zunge züngelte aus dem Maul. Ja, sie zischte, gerade so, wie immer wenn sie irgendetwas störte. Dann verschwand sie im Dickicht des Waldes.

Hieb hatte das Bewusstsein verloren. Sein Gesicht war bleich, und aus dem Mund sickerte ein dünner Faden Blut. Leises Stöhnen drang über die Lippen. Wellenförmige Zuckungen liefen durch den geschundenen Körper, der sich plötzlich streckte. Der Kopf fiel zur Seite.

Hieb war tot.

Mit der doppelten Last Fleischpakete setzte Kao den Weg fort.

Der Pfad bog zum Fluss hinab.

In düsterer Stimmung trabte Kao durch den ausgestorbenen Wald; hier hatte Schwemmsand das Leben und Wachstum der Bäume vernichtet. Die langen prächtigen Fiederblätter auf den kurzen, dicken Stämmen, Palmenfarne, Blütenpflanzen und die riesigen alten Bäume prangten nicht mehr im Schmuck ihrer Blätter. Alle dünnen Zweige hatte der Orkan geknickt, und die Bäume erinnerten an verzauberte Ungeheuer, die ihre dicken, kurzen Greifarme in die Luft streckten. Nur Schlingpflanzen belebten das düstere Bild. Gierig strebten sie nach oben, zur Sonne *Alpha Centauri*, als wollten sie mit ihren glänzenden Blättern und märchenhaft schönen Blüten das kahle, tote Gezweig verhüllen.

Aus einem undurchdringlichen Dickicht, das von Schlangen und giftigen Insekten nur so wimmelte, stiegen faulige Dünste empor.

Allmählich veränderte sich die Landschaft. Die Bäume wurden wieder höher und dicker. Immer dichter wurde das Blätterdach.

Kao ließ sich durch nichts mehr beirren. Nicht der Tod Hiebs, sondern die Begegnung mit den Hellhäutigen trieb ihn vorwärts.

Vorwärts! Immer weiter vorwärts!

Die Sippe musste es erfahren, dass die Götter vom Himmel gestiegen waren, mit Blitz und Donner in den Händen.

Nicht einen Blick würdigte er des Kampfs, der fünfzig Meter von ihm entfernt, auf einer freien Fläche stattfand.

Zwei Titanen rangen dort miteinander. Es waren zwei Wesen, wie sich selbst die kühnste Phantasie nur schwer vorstellen konnte.

Eine gigantische Schlange, deren zwei Meter dicker Körper an den Seiten unzählige kurze, stark gekrümmte Beine besaß, war mit einem Schuppenpanzer ausgestattet. Auf dem Rücken trug sie einen langen Stachelkamm. In den mächtigen, weit aufgerissenen Rachen blitzten meterlange Zähne. Die Körperlänge des Reptils war augenblicklich nicht feststellbar, da es sich um ein anderes großes Tier geringelt hatte.

Der Körper dieses Giganten war zwölf Meter lang und rund vier Meter hoch. Das Maul, mit den dolchartig gebogenen Sägezähnen von 18 Zentimetern war so groß, dass ein ganzer Mensch darin verschwinden würde. Der Koloss besaß starke Greifarme mit jeweils drei gefährlichen Hakenklauen und am zweiten Zeh der Füße eine sichelförmige Klaue von rund zwölf Zentimeter Länge. Auch auf seinem Rücken zog sich ein meterlanger Stachelkamm hin, der sich auf dem kräftigen Schwanz fortsetzte.

Ohrenbetäubendes, basstiefes Röhren, das kilometerweit hallte, begleitete den Kampf.

Der eine Gigant hatte sich aus der Umarmung der Riesenschlange befreien können und versuchte mit den Beinsicheln den Körper seines Gegners zu zerfetzen.

Noch lange hallte das ohrenbetäubende Schreien hinter Kao her. Es wurde jedoch immer leiser, je weiter er sich vom Kampfplatz entfernte.

Ohne Rast trabte der Planetenbewohner dahin.

Am späten Nachmittag verbreiterte sich der Pfad, trat deutlicher hervor aus dem dick mit moderndem Laub und Holz bedeckten Boden, gabelte sich und wurde wiederum verstärkt durch andere Pfade aus dem Waldesinneren.

Der Lagerplatz der Sippe war nicht mehr weit.

Eine Stunde vor dem Untergang der Sonne *Alpha Centauri* schallte Kao Lärm entgegen. Er spürte auf der Zunge den Rauch des Feuers.

Der Wald öffnete sich und vor ihm lag ein Fluss. Am Ufer des Stromes zog sich eine langgestreckte, schmale Lichtung hin auf der sechs Lederzelte standen. Der Geruch von frisch gebratenem und gekochtem Fleisch zog durch die Luft.

Im Mittelpunkt des scheinbaren Durcheinanders saß zwischen den Zelten der Rat der Ältesten. Sie hatten gerade mit bestürzen den Bericht Ulawas vernommen.

Der junge Kao steuerte schnellen Schrittes auf die Runde zu und begann, ohne den Alten den gebührenden Respekt zu zollen, sofort zu sprechen. Die Worte sprudelten ihm nur so über die Lippen.

Ringsum war es still geworden. Alles, was auf der Lichtung eben noch so geschäftig getan hatte, drängte näher, wartete wie der Anführer der Sippe und seine Ratgeber sich entscheiden würden.

In tiefer Nachdenklichkeit versunken saß der Rat der Alten da. Endlich erhob sich der Älteste von ihnen aus der kauernden Stellung, stemmte sich in die Höhe und streckte die Arme in die hereinbrechende Dunkelheit empor. Laut ertönte seine Stimme: „Die Schatten eines fernen Unheils sind am Himmel aufgezogen. Ihr habt gehört, was geschehen ist. Aber helfen ..., helfen kann uns niemand."

Ulawa sprang auf und rief: „Warum helfen …? Sie sind unsere Feinde! Wir müssen uns selber helfen und diese sogenannten Götter vernichten!“

Der Älteste hatte das Gesicht zum Himmel erhoben und blickte einen Stern so gebannt an, als wollte er ihn mit seinen Augen zu sich herab zwingen. Die Hände begannen erst zu zittern, dann rhythmisch zu vibrieren, der Körper schwankte leicht wie ein Halm im Wind. Sein Blick schien sich nach innen zu wenden, als er weiter sprach: „Die Überlieferungen sagen zwar, dass die Götter wieder vom Himmel herabsteigen werden, um uns dann mit Donner und Blitz zu vernichten ... Sind es aber wirklich unsere Feinde ...? Wir besitzen noch nicht einmal Waffen, um sie zu bekämpfen!“

„Das eben ist es ja! Wir sind wehrlos!“ unterstützte Kao den Ältesten.

Ulawa ließ sich von seiner Meinung nicht abbringen und wandte sich lautstark an die Umstehenden: „Wer ist denn dieser Feind, der uns erschreckt? Wir kennen unsere Welt und wissen, dass es gewaltige Untiere gibt, die wir mit unserem unbeschreiblichen Mut töten. Wie können uns da die Götter gefährlich werden?“

Rufe des Beifalls klangen auf.

Bis in die Nacht hinein dauerte das Palaver des Ältestenrates. Erst als die Dunkelsonne *Proxima Centauri* hoch am Himmel stand, war es beschlossene Sache: Die Götter müssen vernichtet werden.

Ausgelassene Freude erfüllte das Lager. Nur der Älteste freute sich nicht mit den übrigen. Die Düsternis einer ungewissen Vergangenheit lag auf seiner Seele und hemmte die Entschlussfreudigkeit.

Bis spät in die Nacht ging das ausgelassene Treiben. Viele saßen um die Feuer, deren Schein auf den Lederzelten spielte. Urwaldwein, oder was immer da dunkel in den Tonschalen schäumte, machte die Runde. Schmutzige

Finger langten in den großen Tonschüsseln nach fettigen Fleischbrocken. Gierig wurden sie herunter geschlungen.

Es war ein recht üppiges Fest.

Mit der Zeit zeigte der Wein Wirkung, er stieg schnell zu Kopf. Die Zungen wurden schwer und langsam sank einer nach den anderen in einen tiefen Schlaf.

Durch die Nacht tönten vereinzelte schnarch Geräusche.

Es war noch früh am Morgen als die Wilden, angeführt von Ulawa, bereits im taunassen Dschungel von Urwaldriesen zu Urwaldriesen huschten. Ihre Augen versuchten dabei das Ästegitter des Walddaches zu durchdringen, unter dem noch matte Dämmerung herrschte. Hin und wieder verharrten sie, um den Lauten des Urwaldes zu lauschen. Doch außer dem papiernen Rascheln von vertrockneten Palm- und Farnwedeln im lauen Morgenwind war es ringsum still.

Der Urwald schlief.

Erst als die höchsten Wipfel im ersten Licht der Sonne *Alpha Centauri* badeten, erwachte der Urwald. Vielfältige Tierlaute schwirrten durch die Luft.

Vereinzelt drangen dünne *Sonnenstrahlen* durch die Lücken im dichten Blätterdach.

Die mit Speeren, Holzkeulen und Messern bewaffnete Horde überquerte auf einem dicken Baumstamm ein Sumpfloch.

Kao verlor das Gleichgewicht. Er rutschte vom Stamm und landete plumpsend im Sumpf. Nur der Kopf mit dem hochgereckten Armen ragte noch aus dem Morast. So tief war er eingesunken.

Mit viel Mühe gelang es Kao sich aus dem zähen Morast auf festeren Boden zu ziehen. Zurück blieben aufsteigende Sumpfgas- und Luftblasen, die gluckernd in der schwarzen Brühe auftauchten.

Wie durch die Gänge eines grünen Bergwerkes bahnte sich die Horde den Weg. Mann hinter Mann, in langer Schlange zogen sie dahin.

Erstickend wirkte die Hitze, in der schwülen dunstigen Dunkelheit der feuchtgewölbten Baumriesen, über denen mitleidlos die Sonne *Alpha Centauri* brannte.

Vor ihnen lag plötzlich eine fast kreisrunde Lichtung. In der Mitte ein großer Tümpel.

Seltsames geschah. Die Wilden überquerten den vor ihnen liegenden Platz nicht auf dem kürzesten Wege. Sie schlichen lautlos von Baum zu Baum und machten einen großen Bogen um diese geheimnisvolle Fläche des Waldes.

Blass braune Baumstämme mit aus kleinen Rhomben gebildeter Rinde umstanden hier ein öliges, schwarzes Wasser. Jeder der Bäume gabelte sich im oberen Teil in zwei starke Äste, die im dichten Schatten der eng zusammengedrängten Kronen verschwanden. Ein dicker, wie mit Schuppen bedeckter Stamm lag quer über dem schwarzen Etwas. Das Ende des Stammes ruhte auf dem kleinen, aus dem Wasser ragenden Hügel. Auf dem flachen Buckel wuchsen sonderbare pilzähnliche Pflanzen, deren hohe, schmale Lilianenbecher aus dem nassen schmierigen Boden hervorschossen. Ein krummer, kahler Ast ragte aus dem Wasser, auf dem zusammengekauert, mit eingezogenem Kopf, ein nicht näher bestimmendes Lebewesen hockte.

Die Wilden erschauderten und beeilten sich an der Lichtung so schnell wie möglich vorbei zu kommen.

Unter den lilafarbenen Pilzen schob sich in diesen Moment ein breiter Kopf hervor, den eine dunkle, lilabraune, schleimige Haut bedeckt. Der dazugehörige Körper lag verborgen im Dickicht. Aus großen hervorquellenden Augen beobachtete das Geschöpf mit tückischem und bösartigem Blick die Gestalten der vorbeihuschenden

Horde. Gewaltige Zähne des Unterkiefers ragten aus dem Maul.

Über allem hing eine sonderbare, mit grauen erfüllte Luft.

Das furchteinflößende Aussehen des Untiers, verbunden mit der unheimlichen Umgebung, ließ die Wilden wie von einer Tarantel gestochen auseinanderstieben.

Ulawa benötigte einige Zeit um die wildgewordene Horde wieder um sich zu scharren.

Auf einem wenig benutzten Wildpfad setzten sie den Marsch fort.

Der Urwald lichtete sich merklich und ging allmählich in eine ansteigende Ebene mit niedrigem Pflanzenwuchs über. Hier und da schauten scharfe Felsenspitzen aus der weiten Grassteppe heraus.

Gruppen von schlanken Stämmen eines palmenähnlichen Gewächses lockerten die riesige Fläche auf. Die eigentlichen Blätter oder Wedel dieser Gebilde wurden erst in großer Höhe ausgebildet. Jedoch dicht über dem Boden drangen aus den Stämmen kurze Stiele, etwa eine Handspanne lang, an deren Ende eine Art Knospe saß. Die Knospe war kugelrund und hatte ein Muster, das einem menschlichen Auge ähnlich sah.

Wolken begannen sich am Himmel aufzutürmen. Ununterbrochenes Grollen zog heran. Grelle Blitze zerrissen pausenlos die sich bildende schwarze Wolkenwand. Unaufhörlich rollte jetzt der Donner über die Gebirgskette und die Blitze zuckten in alle Richtungen, ohne dass auch nur ein Tropfen Regen fiel. Bald blies der Wind so stark, dass die langen Schäfte der Schachtelhalme sich fast bis zum Boden bogen.

Mehr als drei Stunden zuckten die Wilden unter dem Leuchten der Blitze zusammen und erlitten beim Krachen des Donners entsetzliche Qualen. Jeden Augenblick erwarteten sie, dass sich die Schleusen des Himmels öffneten.

Aber sie wurden in ihrer Hoffnung getäuscht.

Ein besonders greller Blitz, gefolgt von krachendem Donner, fuhr unweit in den Boden. Sofort kräuselte Rauch empor, der immer dichter wurde.

Flammenzungen züngelten hoch.

Der Blitz hatte das hohe Gras in Brand gesetzt.

Im Nu bildete sich eine Rauch- und Feuerwand, die auf die Wilden zu raste. Vor dem feurigen Inferno schien es keine Rettung zu geben.

Was machten da die Wilden?

Sie schlossen sich zu einem Kreis zusammen und beseitigten in fieberhafter Eile mit den bloßen Händen, in einem Durchmesser von 20 Metern, das Gras.

Ein kreisrunder Platz entstand, frei von jeglichem Brennbaren.

Die Rauchwand, in der, der helle Schein der Flammen hoch aufloderte, raste heran.

Aufgeschreckte Tiere preschten in wilder Panik vorbei, ihr Heil in der Flucht suchend.

Unerschrocken trabten die Wilden einige hundert Schritt weit in das hohe Gras hinaus und zündeten es um den Kreis herum an. Wie Zunder verbrannte es bis zur gesäuberten Fläche.

Und schon war die knisternde Feuerwand heran.

Der Wind trieb die lodernden Flammen rasch an der kreisrunden Stelle vorbei. Sie fanden hier keine Nahrung mehr.

Stickiger Qualm hing in der Luft.

Der rasende Feuersturm jagte die erschreckten Tiere vor sich her.

Da brach plötzlich der Regen los, große Hagelkörner, Donner und Blitz begleitete ihn. Im Nu löschte der herabprasselnde Guss jeden Funken des Brandes.

Schnell zog das Gewitter weiter.

Nur noch riesige Wolkenfetzen jagten am Himmel dahin. Der Regen hörte, so plötzlich, wie er begonnen hatte, auf.

Und weiter ging der Marsch der Männer. Der Weg führte sie über die verbrannte, schwarze Fläche der Ebene zu einer langgestreckten Waldzunge. Hier fehlte das Unterholz fast ganz. So konnten die Wilden verhältnismäßig rasch ausschreiten.

Bereits nach einer Stunde traten die Baumstämme immer weiter auseinander.

Die Waldzunge war durchquert.

Ulawa, der an der Spitze der Horde lief, blieb blitzartig stehen. Er gab aufgeregt das Zeichen zum Halt und verschwand pfeilschnell im hohen Gras.

Etwas für ihn Ungewöhnliches störte das Bild der Landschaft.

Die Wilden krochen auf allen Vieren um die letzten Sträucher und blieben neben Ulawa liegen. Mit ausgestreckter Hand deutete der hinaus in die Ebene.

Dort lag wie eine riesige Spinne, aus Stahl und Glas, die Landefähre *Alpha 2*.

„Die Götter ... Da sind sie“, flüsterte Kao in höchster Aufregung.

In der geöffneten Luke der Landefähre erschien ein hellhäutiges Lebewesen, das ihrem Körperbau verblüffend ähnelte.

Einige der Wilden hielten in ihren kräftigen Händen die schweren Speere mit den breiten, zweischneidigen Spitzen wurfbereit, als könnten sie damit jeder Gefahr trotzen.

Hell fielen die Strahlen der Sonne *Alpha Centauri* durch die Quarzglaskuppel der Landefähre *Alpha 2*. Staubteilchen tanzten in den Lichtstreifen wie kleine Lebewesen hin und her.

Sörensen schaute schon geraume Weile zum Waldrand hinüber, er hatte verdächtige Bewegungen im Unterholz ausgemacht.

Wesley, der in der offenen Luke der Landefähre stand, wandte sich in diesem Augenblick an ihn: „Ein unendliches Pflanzenmeer gibt es hier, überall winden sich dicke, saftstrotzende Lianen und andere Schmarotzerpflanzen die mächtigen Urwaldriesen hinauf. Und dann sind da noch die Ungetüme, Riesenschlangen und noch viele andere wilde Tiere. Aber keine Spuren von denkenden Lebewesen."

„Welf, wo Tiere sind, gibt es auch noch etwas anderes. Und wenn es nur Steinzeitmenschen sind ... Wenn ich mir die Landschaft betrachte, kommt es mir vor ... Ja, als hätte es uns durch eine Zeitreise in die Vergangenheit der Erde, in die Urzeit, verschlagen."

Während des Wortwechsels hatte Sörensen nicht für einen Augenblick den Waldrand aus den Augen gelassen. Ihn beschlich das Gefühl als würde jeden Moment etwas geschehen.

Aber was?

Wesley hob lauschend den Kopf.

Auch Gontor, der neben Wesley stand, war das Geräusch nicht entgangen.

„Hast du es auch gehört?" sprach Wesley und blickte forschend zum Waldrand. „Klingt das nicht wie nach Rufen?"

„Ja, jemand hat dort gerufen ... So wie es sich anhörte, war es kein Tier. Sollten wir intelligente Lebewesen zu Gesicht bekommen?"

„Da …, da ist es wieder!“ stieß Wesley erregt hervor und umspannte mit fester Hand den *Sigma Westar-34-Blaster*. „Es müssen mehrere Wesen sein, die sich durch Zurufe verständigen.“

Tatsächlich schallten mehrere Rufe herüber.

Plötzlich ertönte wildes Geschrei, und das Geräusch brechender Äste drang herüber.

Die Büsche am Waldrand teilten sich. Eine Horde gebräunter Gestalten rannte durch das hohe Gras. Sie stürmten auf die Landefähre zu.

Wesley schrie erschrocken auf, als er die wilden Gestalten erblickte.

Es waren tatsächlich Menschen.

Irdische Menschen, die sich von ihnen nur durch einen vollkommen behaarten Körper, der mit Narben aus furchtbaren Verletzungen bedeckt war, unterschieden.

Das also waren die denkenden Wesen dieses rätselhaften Planeten, auf dem sie notlanden mussten.

Immer mehr wilde Gestalten drangen aus dem dichten Urwald hervor. In kräftigen Händen hielten einige schwere Speere mit breiten, zweischneidigen Spitzen wurfbereit. Andere schwangen Holzkeulen über den Köpfen. Dabei stießen sie lautes Geheul aus und stürzten kriegslüstern voran.

Die Eingeborenen des Planeten legten ein atemberaubendes Tempo vor. Spielend leicht übersprangen sie niedriges Gestrüpp und im Wege liegende Steinblöcke. Allen Voraus stürmte eine mittelgroße, prächtig gewachsene Gestalt mit breiter Brust und kräftigen Armen.

Es war Kao.

Bereits als die ersten Ureinwohner am Waldrand aufgetaucht waren, hatten sich Wesley und Gontor in das Innere der Landefähre zurückgezogen.

Die Angreifer trugen geflickte Fellkleidung und im Gürtelbund staken griffbereit lange Steinmesser.

Die wilde Horde war keine hundert Meter mehr von der Landefähre entfernt, als sich ihr Tempo verlangsamte. Wahrscheinlich mussten sie erst ihre Scheu überwinden, ehe sie die *Riesenspinne* angriffen.

„Sie sehen genauso aus wie wir“, bemerkte Peer Weick erstaunt und wies zu dem Schwarm der Angreifer hinunter. „Wenn sie sich anders kleiden würden und nicht in den geflickten Tierfellen herumliefen, könnte man sie für unsere Urahnen halten ... Wie merkwürdig das unsere Rasse Doppelgänger besitzt!“

In der geöffneten Luke tauchte der blonde Schopf Sörensens auf. Mit seinen Augen, die wie das Blau eines tiefen Gletschersees leuchteten, verfolgte er das Getümmel in der Nähe der Landefähre.

Die angreifenden Wilden waren stehen geblieben, als plötzlich ein weiterer Hellhäutiger, um seinen Kopf schien die Sonne zu leuchten, in der Luke auftauchte. Sie starrten schweigend zu Sörensen empor. Die erhobenen Arme der Wilden sanken herab, die Spitzen der Speere zeigten zum Boden und die Holzkeulen ruhten in abwartendenden Fäusten.

Ob der Tatsache, dass einer der Götter erschienen war, hatte das etwa ihre Angriffswut erstickt? Vielleicht hatte ihnen aber auch die steil, auf ihren Teleskopfederbeinen emporragende diskusförmige Landefähre einen derartigen Schreck eingeflößt, dass sie nun stumm verharrten und ihren Angriff vergaßen.

Sörensen hob den Arm und machte eine winkende Bewegung.

Erschrocken wichen die Wilden zurück und die Antwort erfolgte prompt in Form eines Speerhagels, der zwischen den Teleskopfederbeinen hindurch ins Leere ging. Vereinzelt prallten Speere klirrend an den Metallbeinen ab.

Die Wilden hatten wohl die Freundschaftsgeste missverstanden. Sie stürmten erneut vorwärts, allen voran Kao.

Sörensen riss blitzschnell den *Sigma Westar-34-Blaster* aus dem Gürtel und schoss. Ein dünnes grünliches Strahlenbündel blitzt auf. Der extrem heiße Laserstrahl zog einen glühenden Strich zwischen Kao und den anderen Wilden, der diesen bereits weit vorausgeeilt war. Das Gestein flammte in heller Glut auf, begann zu brodeln und zu verlaufen. An der weißglühenden Linie stiegen rote Gasschwaden auf.

Kao, der als Erster seinen Fuß auf die Gangway der Landefähre setzte, merkte im Eifer des Gefechtes nicht, dass die Stammesgefährten, am ganzen Körper zitternd, auf die Knie fielen. Sie erhoben die Arme zum Himmel.

Sörensen zog sich nach dem Schuss aus der Laserpistole, in das Innere der Landefähre zurück.

Dadurch ermutigt folgte Kao. Flink kletterte er die heruntergelassene Leiter empor. Vor ihm schien der dunkle Eingang zu einer Höhle zu liegen, in dem er ohne zu zögern verschwand. Kaum hatte er, neugierig blickend die Fähre betreten, schloss sich mit saugendem Geräusch die Außenluke.

Entsetzt schauten die Wilden zu dem diskusförmigen Flugkörper hinauf, der ihren Anführer verschlungen hatte.

Das leicht schmatzende Geräusch, das beim Schließen der Luke entstand, ließ Kao erbleichend herumfahren. Der Speer fiel ihm vor Schreck aus der Hand und der Eingeborene sank wimmernd zu Boden. Die Götter hatten ihn gefangen und würden ihn nun für seine frevelhafte Tat mit Donner und Feuer bestrafen. Kao lag waffenlos, weitaufgerissen die Augen vor den Menschen auf dem harten Boden der Landefähre.

Sörensen hob die leeren Hände und streckte sie dem am Boden liegenden entgegen. Gontor und Wesley folgten seinem Beispiel. Es war die universelle Geste des Friedens, das Zeichen völliger Waffenlosigkeit. Kein Angehöriger einer halbwegs intelligenten Rasse würde sie ignorieren.

Kao starrte einen nach dem anderen an. Ungläubiges Erstaunen spiegelte sich in seinem Gesicht wieder. Plötzlich sprudelten Worte in einer unverständlichen Sprache über seine Lippen. Im Gesicht waren dabei allzu deutlich Fragen geschrieben.

Sörensen öffnete die Außenluke der Landefähre und wies mit einladender Geste zu dieser hin.

Flink wie ein Wiesel huschte Kao an Sörensen vorbei ins Freie. Mit dem rechten Arm zeigte er hinauf in den bereits dämmrigen Himmel.

Sörensen verstand. Er nickte. Kletterte dann in den Staub des Planeten hinab, hob ein Holzstöckchen auf und suchte eine glatte sandige Fläche. Hier begann er mit dem Stecken Figuren in den Boden zu ritzen. Er zeichnete mithilfe einiger Punkte und Kreise das Schema das Sonnensystem mit seinen neun Planeten in den Sand. Immer wieder tippte er mit dem Stab abwechselnd auf den Punkt des dritten Kreises und auf sich selber.

Als er sich aufrichtete, ertönten erregt die schrillen Stimmen der Wilden durcheinander. Sie bewegten sich eilig hin und her, obwohl dazu nicht der geringste Grund vorlag. Einer von ihnen, es war Ulawa, trat vor und stieß Sörensen vor die Brust, sodass dieser taumelte und beinahe stürzte.

Die Bewohner des Planeten schienen alle Scheu vor den Fremden verloren zuhaben.

Wesley gelang es als Erstem die unkomplizierte Sprache der Eingeborenen zu verstehen. In ihrer Begriffswelt spielten nur die Jagd, das Essen und die primitiven Lebensverhältnisse eine Rolle. Wenn die Wilden etwas sagten, nutzten sie nur ein- und zwei silbige Wörter, ohne Verwendung jeglicher Deklination. Zeit-, Umstands- und Verhältniswörter fehlten ganz. Dort wo der Austausch der Worte zur Verständigung nicht mehr ausreichte, wurden sie durch Mimik und Gesten vervollständigt. Zählen konnten sie nur bis zwanzig, dabei wurden die Finger und die Zehen zur Hilfe genommen.

So dauerte es nicht lange und die Wilden hatten alle Scheu vor den Menschen, die wie die Götter aussahen, abgelegt. Aus dem Nichts waren die Fremden plötzlich aufgetaucht, und wie die alten Prophezeiungen weissagten, zuckten aus ihren Händen grelle Blitze, die Tod und Verderben brachten. Aber dies alles störte Ulawa und Kao nicht mehr im Geringsten.

Die beiden Eingeborenen begleiteten die vier Erdenmenschen auf ihren Streifzügen durch den Urwald und die Steppe des erdähnlichen Planeten.

Bei den Exkursionen stießen sie auf jagende Nomadenstämme, die von Lichtung zu Lichtung zogen und in heftigen Kämpfen mit gelegentlichen Nachbarstämmen verwickelt wurden. Andere Sippen wiederum hatten begonnen an den Ufern der Flüsse die Bäume zu roden. Auf den freigelegten Flächen bauten sie Pflanzen an, die sich als besonders nahrhaft erwiesen.

Die Erdlinge stellten fest, dass jeder Stamm seine eigenen Sitten und Gebräuche hatte. Keiner der Wilden dachte daran, dass sie vielleicht einen gemeinsamen Ursprung besaßen. Nur die Alten berichteten von den alten Legenden und munkelten von geheimnisvollen Heiligtümern in dem fernen Gebirge. Sie sollten Glück bringen, aber keiner von ihnen vermochte zu sagen, warum das so war.

Dreißig Planetentage waren seit der unfreiwilligen Landung vergangen. Das Leben der Menschen hatte sich normalisiert und sie gewöhnen sich langsam an die klimatischen Verhältnisse des Planeten *Hope*.

Die Sonne *Alpha Centauri* stieg gerade am Horizont als blutig rote Scheibe empor als Sörensen, Wesley und Ulawa die Marschvorbereitung für den Ausflug ins Innere des Landes abschlossen. Der Streifzug sollte zu einem ungefähr zwanzig Kilometer entfernten seltsamen Stein führen. Diesen hatte Ulawa auf einem seiner früheren Streifzüge entdeckt.

Der Weg führte sie einen wenig genutzten Wildpfad entlang. Alle Bäume und Büsche, die sie bisher gesehen hatten, waren schon von riesenhaftem Wuchs gewesen. Jetzt kamen sie aber an Bäumen vorbei die eine beängstigende Höhe erreichten. Sogar das Unterholz, farnartige Gewächse, erreichten beträchtliche Größe.

„Man soll es nicht für möglich halten, dass es so etwas überhaupt gibt“, bemerkte Wesley beeindruckt.

„Ja, schau dir doch bitte diesen Baum an! Ist er nicht prächtig? So etwas hat es auf der Erde auch gegeben, als sie noch um einige Jahrmillionen jünger war.“

Sörensen deutete auf einen etwa einhundert Meter hohen Nadelbaum, aus dessen Stamm ein dichtes Astwerk, mit zapfenförmigen Früchten, herauswuchs.

„Unglaublich! ... Wenn ich es nicht mit eigenen Augen sähe, könnte man es fast ..., ja man könnte es wirklich für ein Märchen halten“, äußerte sich Wesley kopfschüttelnd.

Sörensen lachte und klopfte Wesley aufmunternd auf die Schulter.

Ulawa verfolgte erstaunt das Benehmen der beiden.

Der Weg führte sie weiter durch ein Dickicht von Schlinggewächsen und vermoderten Baumstämmen. Die Gewächse des Waldes, die hier auf den ersten Blick der Flora des irdischen Tropenwaldes glichen, hatten schwammig-elastische Stämme, die dem geringsten Druck nachgaben und zur Seite wichen.

Grünes Halbdunkel herrschte.

Nach fast vierstündigem Marsch erreichten die Dreie einen Hang, der zum Fluss hin abfiel. Träge floss das Wasser dahin, in dem die Strahlen der Sonne *Alpha Centauri* wie flüssiges Silber funkelten.

Vor ihnen zog sich ein Streifen baumlose Steinwüste hin, gespickt mit Felsen, Geröll, Sand und ein paar riesigen stachligen Kakteen dazwischen.

Am Ufer war ein einzelnstehender Baumriese umgestürzt und alles, was ihm im Wege stand hatte, er mitgerissen. Nackter Felsen und ein tiefes Loch traten an der Stelle der hochgewuchteten Baumwurzel zutage. Die mächtige Krone war auf dem gegenüberliegenden hellen Uferstreifen zum Liegen gekommen, wo eine weiß leuchtende Sandfläche unmerklich in das smaragdgrüne Wasser des Flusses überging. Kleine Wellen bildeten auf der kristallklaren Oberfläche des Wassers leuchtgrüne Streifen, die sich beim Abrollen an das Ufer in weißschillernden Gischt verwandelten.

„Über den Baumstamm können wir das jenseitige Ufer erreichen“, schlug Sörensen vor. „Aber Vorsicht!“

Einen Fuß vor den anderen setzend bewegte sich der Trupp auf dem Stamm Schritt für Schritt vorwärts.

Unter ihnen plätscherte das klare Wasser des Flusses dahin.

Sie hatten bereits die Hälfte, des von der Natur geschaffenen Überganges überwunden als Ulawa wie gebannt stehen blieb. Er zitterte am ganzen Körper.

Wesley hatte das Zögern Ulawas sofort bemerkt und erkundigte sich: „Was gibt es?“

Wortlos wies Ulawa flussabwärts.

Der Blick Wesleys folgte dem ausgestreckten Arm Ulawas. Die Augen gewahrten ein seltsames Schauspiel.

Zwischen Schilf und Schachtelhalmen ragten auf vier Metern hohen Hälsen, äußerst hässliche Köpfe mit Froschaugen in die Höhe. Muskelstränge glitten an den dicken Hälsen hin und her.

Wesley konnte sich des Gefühls nicht erwehren, dass ihn die schleimigen Augen direkt ins Gesicht glotzten. Aber das schien bei den Viechern mehr gewohnheitsmäßig zu sein. Sie beachteten die drei Gestalten, zwischen den dichten Zweigen, auf dem Stamm nicht. Gemütlich rissen sie mit den spitzen Zähnen mannshohe Schilfbüschel aus dem Flussufer und verschlangen sie schmatzend und prustend.

Als Erster kam Sörensen am anderen Ufer an, dicht gefolgt von Wesley. Immer noch am ganzen Körper zitternd erreichte schließlich auch Ulawa als Letzter den Rand des Flusses. Sein Sprung vom Stamm herab geriet jedoch zu kurz und er landete im seichten Wasser des Flusses.

Ungläubig weiteten sich Wesleys Augen und er stieß entsetzt hervor: „Was ist das?“

Ulawa versank langsam im Ufersand. Verzweiflung blickte aus den Augen im kreidebleichen Gesicht.

„Das ist Treibsand!“, rief Sörensen, der die Situation sofort erfasst hatte.

Ulawa, der die Ruhe eines Wilden bewahrte, war bereits bis über die Knie eingesunken.

„Welf, schnell einen starken Ast!“ stieß Sörensen erregt hervor.

Saugend zog der Sand den Eingeborenen tiefer und tiefer, als wollte er sein Opfer nicht wieder freigeben. Ulawa war bereits bis über die Hüften in diesem trügerischen Etwas versunken. Jetzt legte er sich mit dem Oberkörper vorsichtig flach auf den Treibsand um ein Weiteres versinken zu vermeiden, und wirklich schien er auf dem Sand zu schwimmen. Behutsam griff er nach dem Ast, den ihm Wesley reichte.

Ulawa handelte mit dem Instinkt eines Wilden. Langsam, ohne hastige Bewegungen legte er den Ast hinterrücks im rechten Winkel zu seinem Körper auf den Sand, begann ihn bis zur Hüfte hinunter zu schieben und wälzte sich dann allmählich über den Treibsand hinweg in Sicherheit an das Ufer.

Erleichtertes atmen.

Jetzt bemerkten die Drei auch, dass auf dieser Seite des Flusses die Bäume nicht ganz so dicht standen, im Gegenteil der Wald lichtete sich immer mehr.

Schnell kamen sie voran. Sie mochten etwa einen Kilometer zurückgelegt haben, da stießen sie auf eine freie Fläche. Bis auf eine etwa zwei Meter hohe kuppelförmige Steinanhäufung, die Wesley an ein Hünengrab erinnerte, war sie fast eben.

Schon auf den ersten Blick war zu erkennen, dass die Steinanhäufung nicht natürlichen Ursprungs war. Obwohl durch Sonne und Regen, Kälte und Hitze alles geborsten und verwittert war, konnte man die künstliche Bearbeitung der Felsstücke erkennen. Eine Humusschicht bedeckte die Steine und bot dem darauf wachsenden Gras, Unkraut und kleine Farnbüsche reichliche Nahrung. Zwischen den Steinen wuchsen vereinzelt kurze, dicke Stämme auf denen lange prächtige Fiederblätter sprossen.

Ziemlich ratlos sahen sich Wesley und Sörensen an. Nur Ulawa zeigte aufgeregt zum gegenüberliegenden Waldrand. Von Weitem sah es aus, als befand sich dort, in der grünen Wand des Urwaldes, ein großes schwarzes Loch.

„Jetzt nicht“, wandte sich Wesley an Ulawa und unterstrich seine Worte mit einer abwinkenden Handbewegung.

Sie umrundeten einmal ..., zweimal ..., dreimal ... die kuppelförmige Steinanhäufung, dabei suchten sie mit den Augen auf dem Humusboden nach Spuren, die Aufschluss über das zerfallene Bauwerk geben konnten.

Wesley blieb überrascht stehen.

„Was ist das?“

Auch Sörensen stutzte.

„Sieh dort, die seltsamen Steine, dort unter dem Humusboden. Ist das nicht toll?“

Mit Eifer begannen sie die Steine freizulegen. Nach einer knappen halben Stunde lagen vier geometrische Felsplatten vor ihnen, die ein rechtwinkliges Dreieck und drei unterschiedlich große Quadrate darstellten. Die Quadrate standen über den Schenkeln des Dreiecks.

„Kann das Zufall sein? Ein Spiel der Natur?“ mit diesen Worten nahm Wesley Ulawas Speer und maß damit die Seiten der rätselhaften Erscheinung nach.

„Vielleicht haben die Wilden ...“, warf Sörensen ein.

„Warum sollen die Wilden so ein Gebilde aus Stein bauen?“, erwiderte Wesley. „Ich habe schon viel gesehen, aber noch niemals Wilde, die aus Steinen geometrische Figuren zusammensetzen.“

Ulawa schaute dem Treiben Wesleys schweigend zu, der eine Kantenlänge nach der anderen maß.

„Wahrscheinlich ist es doch nur Zufall“, brummte Sörensen vor sich hin, aber er beobachtete trotzdem aufmerksam Wesleys tun. Nirgends waren weitere Anzeichen hochintelligenter Wesen zu entdecken. „Wir sind die ersten Menschen hier“, sagte er, „und außerdem, was hätte es für einen Sinn, mit solchen Blöcken geometrische Figuren zu bauen ...? Wie alt kann das sein?“

„Vielleicht zwanzig Jahre, ... vielleicht auch älter.“

„Welf, die Blöcke zerfallen schon stellenweise. Wer weiß, wie die hierher gekommen sind“, fügte Sörensen hinzu.

Plötzlich schlug sich Wesley mit der flachen Hand vor die Stirn: „Ich habe es doch gleich gewusst ... Und die Maße stimmen auch ... Ich frage mich nur, wer das gebaut hat.“

„Was hast du gleich gewusst? Sprich!“

„Kommandant, sieh die Anordnung der Steinplatten genau an. Fällt Dir da nichts auf?“

Sinnend betrachtete Sörensen die Steine aus der Nähe, dann aus einer Entfernung von zwanzig Metern. „Die einzelnen Steinplatten haben die Form eines rechtwinkligen Dreiecks und die Form von drei Quadraten, wobei zwei Quadrate gleich groß sind und das einzelne wesentlich größer ist. Einen Zusammenhang kann ich nicht feststellen.“

„Es gibt einen Zusammenhang. Das geometrische Gebilde ist die Darstellung ...“ Wesley spannte Sörensen so richtig auf die Folter. „... des Lehrsatzes des griechischen Philosophen Pythagoras.“

„Was! Das glaube ich nicht!“

„Doch, es ist die Darstellung des Lehrsatzes des Pythagoras. Ich habe mit Ulawas Speer nachgemessen. Die Flächeninhalte der beiden kleinen Quadrate bilden die Summe des Flächeninhaltes des großen Quadrates. Die Summe des Flächeninhaltes der beiden Kathetenquadrate ist gleich dem Flächeninhalt des Hypotenusenquadrates.“

„Welf, dann gibt es nur eine Schlussfolgerung: Denkende Wesen aus der Tiefe des Alls müssen sowohl diesen Planeten als auch unsere Erde besucht haben“

„Wollen wir nicht doch noch die nähere Umgebung absuchen. Ulawa hat vorhin auf den gegenüberliegenden Waldrand gezeigt. Vielleicht finden wir dort noch weiter Spuren, die uns mehr verraten“, schlug Wesley vor.

Der Waldrand war weiter entfernt, als sie geschätzt hatten. Sie brauchten fast eine Stunde um ihn zu erreichen. Der Weg dorthin führte durch hohes Gras, vorbei an langstieligen Pflanzen mit zweilappigen Blättern, zwischen Felsbrocken hindurch, über Bärlapp und Moos.

Sie erreichten den Waldrand an der Stelle, an der sie aus der Ferne ein großes schwarzes Loch gesehen hatten. Es entpuppte sich als grüner Tunnel, der in das Dunkel des Urwaldes hineinführte. Überall wucherte das Grün der Pflanzen und ließ den Tunnel langsam zuwachsen. Er musste künstlich angelegt worden sein. Deutlich waren noch die Spuren der gewaltsamen Einwirkung auf den Urwald zu erkennen.

Die Vegetation wies hier die gleiche verrückte Überfülle von Formen und Arten auf, die gleichen unklassifizierten Blätter, Früchte und Blüten. Sie erhob sich zu beiden Seiten des künstlich geschaffenen Tunnels wie eine grüne Mauer und bestand aus mannigfaltigen Sträuchern, die bis vier Meter Höhe erreichten. Über ihnen verflochten sich die Kronen der Urwaldriesen zu einem dichten Blätterdach.

„Wohin mag der Tunnel führen?“ stellte Sörensen die Frage.

Er erhielt keine Antwort.

Wesley war mit seinen Gedanken beschäftigt und Ulawa hatte die Frage nicht verstanden.

Als sie in den Tunnel eindrangen, schlug ihnen eine feuchte und stickige Luft entgegen. Sie nahm ihnen fast den Atem.

Keuchend und im Schweiß gebadet ging es langsam vorwärts.

Obgleich die hellen Strahlen der Sonne *Alpha Centauri* kaum durch das dichte Blätterdach drangen, herrschte drückende Hitze.

Die ganze Natur schien unter den extremen Temperaturen erstarrt zu sein.

„Will diese grüne Hölle den überhaupt nicht aufhören?“ keuchte Wesley.

„Der Tunnel muss irgendwo hinführen“ stieß Sörensen schnaufend hervor.

Sie hatten die Hoffnung schon fast aufgegeben das Ende des Tunnels zu erreichen, als vor ihnen ein heller Fleck größer und größer wurde.

War das, das Ende des Tunnels?

Es war wirklich das Ende des Tunnels. Er mündete auf einer freien Fläche.

Als sie aus dem grünen Dämmerlicht des Tunnels heraustraten, schlossen sie, durch den hellen Schein des *Alpha Centauri* geblendet für einen Moment die Augen.

Das Bild was sich Wesley und Sörensen dann bot, ließ sie überrascht innehalten.

Ulawa legte dagegen eine aufreizende Gleichgültigkeit an den Tag, er kannte dies ja alles schon.

Zwischen langstieligen Pflanzen mit zweilappigen Blättern, schmutziggrauen Pilzen, Bärlapp und Moos erblickten sie aufrecht stehende Steinblöcke, die mehrere Meter hoch und in parallelen Reihen angeordnet waren. Der größte Steinblock hatte eine Höhe von mehr als 20 Meter und wog bestimmt 300 Tonnen. Die Steinreihen verliefen in Richtung der Gebirgskette, die in einem eigenartigen blauen Licht leuchtete.

Das Überraschende war jedoch eine Steintreppe, die hinauf auf den riesigen Steinblock führte. Ein mächtiger in Stein gehauener Schlangenkopf am Fuße kennzeichnete eindeutig den Aufgang.

Das Licht des Tages begann zu schwinden, und mit der sinkenden Sonne *Alpha Centauri* entstanden an den Rändern der Stufen gleichschenklige Schattendreiecke.

„Seht nur!“ machte Sörensen die anderen auf das Spiel der Natur aufmerksam.

Die Dreiecke gingen jetzt in ein Wellenband über, das langsam, so wie die Sonne *Alpha Centauri* sank, am Treppenrand herab kroch, um sich an der letzten, untersten Stufe mit dem mächtigen Schlangenkopf zu vereinen.

„Ein exzellenter Geniestreich, eine Botschaft der Außerirdischen. Nur was soll sie bedeuten?“ wandte Sörensen sich an Wesley.

„Vielleicht ein Hinweis, in einer bestimmten Richtung weiter zu suchen ... Oder wollten sie uns vor etwas warnen?“

Plötzlich und ohne großen Übergang war die Nacht hereingebrochen. Die Dunkelsonne *Proxima Centauri* stand wie der Erdmond am Himmel.

Sie suchten eine geeignete Lagerstätte und fanden sie in der Nähe eines der großen Steine. Hier zündeten sie ein Feuer an. Noch lange saßen sie bei den knisternden Flammen. Das Geheimnis der Steine entfachte immer wieder ihre Phantasie. Es wurde eine Theorie nach der anderen aufgestellt, aber keine von ihnen konnte sich behaupten.

„Möglich, dass es hier Außerirdische, irgendwelche hochintelligente Lebewesen gibt oder gegeben hat“, warf Sörensen ein. „Welf denk nur an ihren wahrscheinlichen Besuch auf der Erde.“

„Möglich ist alles“, nickte Wesley. „Vermutungen werden uns aber kaum der Wahrheit näher bringen.“

Nach der Abendmahlzeit wurden die Wachen eingeteilt. Die Erste übernahm Wesley. Die anderen konnten in dieser Zeit ruhen.

Im Schein der zuckenden Flammen tauchten von Zeit zu Zeit bösartig funkelnde Augen auf, zornige Laute schallten über die freie Fläche.

Um Mitternacht löste Sörensen Wesley ab.

Kaum hat sich Wesley hingelegt und war eingeschlafen schreckte ihn ein knackendes Geräusch auf. Im hellen Lichtkreis des Feuers erschien ein scheußlicher Drachenkopf. Die lange gelbrote Zunge züngelte wie eine feurige Flamme hervor, die starren Echsenaugen schauten misstrauisch herüber, doch dann verschwand das Schreckensgebilde wieder und tauchte erst nach einer Weile an einer anderen Stelle im Lichtkreis des Feuers auf. Diesmal nur bedeutend näher.

Wesley lief ein eisiger Schauer über den Rücken.

Beim Dritten auftauchen getraute sich der Drache noch näher an das Feuer heran.

Wesley erschrak, als er das Tier aus der Nähe sah. Die plumpen Hinterbeine, der gedrungene Körper, der gierige Hechtkopf, der dicke Drachenschweif, das schuppige Gefunkel an der Halswamme und am Leib ... als hätte er für die Drachen in den Sagen und Märchen Modell gestanden.

Plötzlich flogen funkensprühende Äste durch die Luft und trafen den Drachen am Hechtkopf. Aufbrüllend verschwand er blitzschnell in der schützenden Dunkelheit.

Es war das einzige Richtige gewesen das Sörensen tun konnte um den Drachen zu verjagen.

Bis zum frühen Morgen erhielt das Feuer soviel Nahrung, das es ständig hell aufloderte. Durch den hellen flackernden Schein nötigte es den Raubtieren den erforderlichen Respekt ab.

Die Dreie hatten den restlichen Teil der Nacht ihre Ruhe.

Kaum zog am Horizont die Sonne *Alpha Centauri* empor, und der neue Tag begann herauf zu dämmern, da kam auch schon Bewegung in die schlafenden Gestalten.

Schnell wurde das Lager abgebrochen.

„Sollten wir nicht doch noch die Umgebung absuchen, ehe wir uns auf den Rückmarsch begeben“, schlug Sörensen vor. „Vielleicht finden wir noch andere Spuren, die uns mehr verraten.“

Und sie fanden wirklich noch etwas.

Am Ende der freien Fläche ragte ein Obelisk gen Himmel. Die hereinbrechende Dunkelheit hatte ihn vor den Augen der Neugierigen verborgen. Die Säule schien aus einem einzigen Stück des blauen Materials gehauen zu sein. In einer Höhe von 23 Metern dominierte eine Gestalt, die selbstbewusst die Hände in die Hüften stützte. Sie trug eine Art von Boxhandschuhen an den Händen, die tennisballgroße Kugeln umschlossen. Die Füße dieser Figur steckten in Stiefeln, die bis zu den Knien reichten und in knickerbockerähnliche Hosen übergingen. Über dem breiten Gurt, der die Hose vom enganliegenden Oberteil trennte, befand sich noch ein zweiter Gürtel, der die Breite einer großen Hand hatte und eine eigenartige schwarz irisierende Oberfläche besaß. Die Gürtelschnalle bildete ein länglich, der Körperwölbung angepasstes Kästchen mit abgerundeten Kanten. Verblüffend war der Helm, der den Kopf umschloss.

„Das ist ja unglaublich“, krächzte Wesley.

„Absolut unglaublich“, nickte Sörensen.

Dieser *herabsteigende Gott* schien vor dem Kinn eine Art Maske zu tragen und direkt vor der Nase und Mund ein Kügelchen, vergleichbar mit einem modernen Helmmikrofon. Die Maske ließ ein Guckloch frei, geschützt von einer Klarsichtscheibe. Dahinter waren Augen mit

Augenbraue, Nasenansatz und ein Teil der Nase erkennbar.

Ulawa hatte den *herabsteigenden Gott* ebenfalls erblickt. Er warf sich auf den Boden, wimmerte und zitterte wie Espenlaub.

Sörensen und Wesley hatten ihre liebe Mühe ihn zu beruhigen.

Endlich konnten sie sich wieder dem seltsamen Bauwerk zu wenden.

Wesley entdeckte als Erster die Schriftzeichen, geometrische Symbole und Piktogramme, die in den Obelisken gemeißelt waren.

„Was können diese Zeichen nur bedeuten?“ wandte sich Wesley an Sörensen.

„Ich weiß es nicht. Jedenfalls besteht eine bestimmte Systematik. Gleich unter der Figur da, das scheint eine Botschaft in Bildsprache zu sein; und hier unten, das sind Wiederholungen, aber in anderen Sprachen.“

Wesley betrachtete lange die Zeichen, betastete sie vorsichtig mit den Fingern und fuhr die Rillen und Fugen entlang. „Die hier kommen mir irgendwie bekannt vor. Ja ..., das ist Altphönikisch“, dabei tippte er auf hieroglyphenartige Zeichen.

Nach zwei Stunden hatte Wesley die Botschaft mithilfe seines MDA, der die Form eines Poket Computers besaß und anstrengender Denkarbeit entschlüsselt. Sörensen unterstützte ihn tatkräftig bei diesem Puzzlespiel.

Die Botschaft auf dem Obelisken lautete: *Haltet euch fern! Vor allem bohrt und grabt nicht im Boden, denn hier haben wir unseren atomaren Abfall hinterlassen. Er befindet sich 700 Meter unter der Oberfläche. Das Lager liegt innerhalb des Steinfeldes.*

Nicht die Botschaft bedrückte Wesley, sondern es war eine deutlich spürbare, übermenschliche Präsenz, die Anwesenheit einer fremden Macht die aus diesen Worten sprach.

„Also hat es sie doch gegeben, die hochintelligenten Lebewesen. Ich hätte mich auch gewundert, wenn es die Wilden gewesen wären“, nickte Sörensen befriedigt. „Die Fremden sind aus der Tiefe des Weltalls gekommen und nach einer Zwischenlandung hier im Centauersystem zu unserem Sonnensystem weiter geflogen.“

„Wenn das so ist, dann wären auch einige Rätsel der Erdgeschichte erklärbar.“

Sörensen schaute hoch zu der am Zenit stehenden Sonne *Alpha Centauri* und sprach: „Es wird Zeit uns auf den Rückweg zu begeben. Ich möchte nicht noch eine Nacht im Freien, auf diesem ungastlichen Planeten verbringen.“

Peer Weick befand sich in der Kommandozentrale der Landefähre *Alpha 2*. Durch die Quarzglaskuppel hatte er gute Sicht auf die weite Lichtung, die wellige Ebene und den nahen Waldrand. Kniehohes, teilweise mannshohes Gras bedeckte den Boden, unterbrochen von Buschgruppen mit lanzenartigen Blättern. Keine zweihundert Meter entfernt ragte die grüne Wand des Urwaldes empor. Dieser hatte vor sechs Stunden Sörensen, Wesley und Ulawa zu ihrer Entdeckungsreise verschluckt.

Das Summen der Insekten in der Luft übertönte plötzlich ein leichtes, fast unhörbares Sausen.

Weick erstarrte mitten in der Bewegung. Er wusste für einen Moment nicht, was es war. Dann blickte er auf, und am Himmel näherten sich seltsame schimmernde Punkte.

Pfii … witt … witt … witt …!

Beim Näherkommen erkannte er einen Schwarm seltsamer Vögel, der vorbeizog.

Pfii … witt … witt … witt …!

Einmal glaubte Weick sogar einen kleinen Vierbeiner, ähnlich den irdischen Kaninchen, gesehen zu haben, aber er war sich seiner Sache nicht sicher. Immerhin so schnell würden sie kaum verhungern. Und Wasser gab es auf dem Planeten in Hülle und Fülle.

Gontor und Kao standen in der aufgeschwungenen Luke der Landefähre und schickten sich an die Gangway hinabzusteigen. In dem Moment als sie den Planetenboden betraten bemerkte Weick eine verdächtige Bewegung am Waldrand. Noch ehe er den Gefährten warnen konnte, brach es aus dem Dickicht hervor.

Ein gewaltiges Urwelttier wälzte sich gleich einer ungeheuren Maschine durch das hohe Gras, grässliche und schrille Töne ausstoßend, als gelte es den Gegner allein schon durch das Gebrüll in die Flucht zuschlagen. Dabei genügte bereits der bloße Anblick, um sowohl Gontor als auch Kao vor Entsetzen völlig zu lähmen.

Es war ein riesenhaftes graugrünes Gespenst, ein gigantischer Dinosaurier, der da heranstürmte. Aufrecht stehend überragte er die Köpfe der Bestürzten um zehn Meter. Das Ungeheuer hatte den Kopf mit der gebogenen Nase hoch in die Luft gereckt. Die großen Augen blickten tückisch in die Ferne. Das lippenlose breite Maul entblößte eine lange Reihe nach innen gebogener Zähne. Der leicht gewölbte Rücken des Tieres endete in einem gewaltigen Schwanz. Er diente dem Ungeheuer als Stütze. Die riesigen in den Gelenken eingeknickten Hinterbeine, dick und gerade wie zwei Säulen, hatten je drei stark gespreizte, mit gebogenen Krallen ausgerüstete Zehen. Und fast unmittelbar unter dem Hals setzten zwei dünne Vorderbeine an, die im Vergleich zu dem riesigen Kopf und

Rumpf klein und hilflos wirkten. Der mit kleinen Hornplatten übersäte Rücken des Ungetüms, die raue Haut, die stellenweise in schweren Falten herunterhing, der sonderbare Auswuchs am Hals, die Wölbung der gigantischen Muskeln, sogar die breiten violetten Streifen längs der Körperseiten, alles verlieh diesem Ungeheuer unheimliche Lebendigkeit.

Benommen und gebannt blickten die beiden Männer auf die gigantische Erscheinung.

Der Boden zitterte unter der gewaltigen Lawine, die da heranstürmte. Das Biest hielt beim Laufen den Hals schräg nach vorn.

Eine Minute verstrich und noch eine.

Kao suchte schützend Deckung hinter einem der Teleskopfederbeine der Landefähre.

Gontor stand immer noch wie zur Salzsäule erstarrt neben der Gangway.

Die Bestie hatte die beiden fast erreicht. Mit den kleinen tückisch blickenden Augen schaute sie auf die winzigen Lebewesen herab, die es gewagt hatten in sein Reich einzudringen. Mit einem erneuten Trompetenstoß verdoppelte das Tier die Laufgeschwindigkeit, mit der unmissverständlichen Absicht, den vermeintlichen Gegner mit den gewaltigen Hinterbeinen zu zermalmen.

In Gontors Gestalt kam Bewegung. Er sprang die Gangway hinauf, wenige Meter dahinter folgte Kao.

Es war aber bereits zu spät. Kao schaffte es nicht mehr rechtzeitig in der Luke der Landefähre zu verschwinden.

In blinder Wut stürmte der Saurier gegen die Gangway, die unter betäubendem Krachen und metallischem Klirren in tausend Stücke zersprang.

Als Kao den Halt unter seinen Füßen verlor, konnte er gerade noch den Lukenrand ergreifen. Krampfhaft hielt er sich fest, um nicht in die Tiefe zu stürzen.

Gontor reichte Kao die Hände und zog ihn unter großer Anstrengung in die Luke hinein, bevor das Ungetüm einen neuen Angriff starten konnte.

Die gewaltige Kraft eines Hurrikans schien gegen die Außenwand der Landefähre zu prallen, als das Urvieh erneut angriff.

Weick packte automatisch einen Griff, der an der Kuppelwand angebracht war.

„Haltet euch fest!“

Aber Weicks Warnung kam zu spät. Gontor und Kao wurden durch den Schleusengang bis in die Quarzglaskuppel geschleudert.

Ein Tisch wurde zertrümmert.

Gontor blieb blutend in der Ecke des Raumes liegen, während Kao sich wie eine Katze aufrappelte und mit dem Rücken an die Kuppelwand gepresst stehen blieb. Seine Augen waren weit geöffnet, das Gesicht erstarrt.

Ein neuer dumpfer Schlag brachte die Landefähre zum Schwanken. Sie nahm eine gefährliche Schlagseite ein.

Erneut wurde Kao durch den Raum geschleudert und blieb reglos liegen.

Krampfhaft festhaltend schaute sich Weick blitzschnell um. Und was er erblickte, schien der Phantasie eines Irren entsprungen zu sein, sie besaß etwas Unrealistisches und Übernatürliches. Aber die Fassungslosigkeit verwandelte sich rasch in klares Denken und feste Entschlossenheit. Er löste seine Hände vom Griff und eilte zur geöffneten Luke. Der Schwall heißer Luft, die aus dem Rachen des Ungeheuers strömte, warf ihn zurück.

Mühsam kämpfte sich Weick bis zur geöffneten Luke vor. Beim Anblick des Ungeheuers riss er kurz entschlossen den *Sigma Westar-34-Blaster* aus dem Gürtel. Zielen und den Abzug bis zum Haltepunkt durchdrückend war dann nur noch eins.

Ein feiner, streuender Strahl schoss aus dem Lauf der Waffe, hüllte das Urvieh in geisterhaftes, grünes Licht und ließ es so noch Unirdischer erscheinen.

Der Strahl der Waffe hatte es gerade noch rechtzeitig erfasst. Mitten im neuen Ansturm stoppte der Koloss und blieb stehen, als sei er gegen eine unsichtbare Wand geprallt. Ein Zittern ging durch die massige Gestalt, ehe sie plötzlich wie vom Blitz getroffen, in sich zusammensackte. Dann erst glühte die Haut rotviolett auf. In dem Qualm und der Glut, in der der Boden des Planeten aufloderte, wurde das Riesentier kurz vor der Landefähre zu Nichts aufgelöst. Der Strahl verbrannte jede Zelle dieser erschreckenden Lebensform. Das Letzte, was unter dem Energiestrahl schmolz, war der Kopf mit dem lippenlosen breiten Maul.

Wie aus einem Alptraum erwacht, kehrte Weick in die Quarzglaskuppel zurück. Er spürte sofort die bedrückende Atmosphäre, die hier herrschte.

Gontor hatte das Bewusstsein wieder erlangt und sein düsteres Gesicht, schien für die Atmosphäre wie maßgeschneidert zu sein.

„Was ist los?“, wollte Weick wissen. „Warum machst du ein Gesicht wie zehn Tage Regenwetter?“

„Diesen Planet muss der liebe Gott in seinem Zorn erschaffen haben, hol`s der Teufel! Dann haben wir ihn auch noch *Hope* genannt … Ich kann das alles nicht mehr ertragen … Und dann diese unheimlichen riesigen Lebewesen ...“

Gontor war mit den Nerven fertig.

„Das ist doch alles ganz natürlich, es sind Dinosaurier, die ihren Namen alle Ehre machen“, versuchte Weick ihn zu beschwichtigen.

„Was?“ stieß Gontor verblüfft hervor. „Dinosaurier sollen das sein. Woher willst du das wissen?“

„Ähnliche Tiere, wie die hier, haben zu Urzeiten auf der Erde gelebt und sie wurden Dinosaurier genannt."

„Na und, deswegen weiß ich immer noch nicht, wie sie ihren Namen Ehre machen."

„Das Wort Dinosaurier stammt aus dem Griechischen und wird vom Wort *deinos* abgeleitet, was soviel wie schrecklich bedeutet. In unserem Falle würde es also Schreckens- oder Grauenssaurier heißen. Hab ich nun recht?"

„Ja."

Während des Gespräches hatte Weick die Verletzung Gontors verbunden. Es sah schlimmer aus, als es war.

Kao hockte mit dem Gleichmut eines Wilden am Boden. Das Gesicht war immer noch aschgrau von der überstandenen Angst.

Im Eifer des Gefechtes hatte er nicht mitbekommen, dass die abendliche Dämmerung hereingebrochen war. Langsam verschwand die Sonne *Alpha Centauri* am Horizont und die Dunkelsonne *Proxima Centauri* zog am Himmel auf.

In der geöffneten Luke stehend, genossen Weick und Kao das herrliche Wechselspiel der Farben und ließ das so eben erlebte verblassen.

Plötzliche huschten große dunkle Schatten über die Landefähre hinweg.

„Take satsch! Take satsch!" erklang es in der Luft.

Weniger der Sinn dieser fremden Worte als vielmehr Kaos Stimme ließen Weick nach oben sehen. Er glaubte den Augen nicht trauen zu können. Riesengroße Echsen segelten am Himmel dahin und umkreisten die Landefähre. Ihre Flügel, die eine Spannweite von mindestens 15 bis 20 Metern besaßen, glichen denen der Fledermäuse. Die lederartige Haut war rot und glänzend. Der glatte Körper war ohne Federn und Schuppen. Den langen Schnabel zierten die Zähne eines Krokodils.

„Pterodaktylus ...! Lebende Pterodaktylus!“ rief Weick verwundert. „Ich habe sie mir immer schwarz oder grau vorgestellt.“

„Sst …, sst …, sst …!“

Einer der riesengroßen Vampire sauste im Sturzflug auf die in der geöffneten Luke stehenden Gestalten zu.

Kao, der sich nicht mehr rechtzeitig zurückziehen konnte, traf der lange scharfe Schnabel der angreifenden roten Echse in den Rücken.

Auf dem Gesicht Kaos zeigte sich Erstaunen. Dann verzerrte es sich zu einer grässlichen Grimasse des Schmerzes, den er als Wilder auch empfinden musste. Lautlos sackte er in der Lukenöffnung zusammen. Der Kopf hing über den Rand hinaus und die ausgebreiteten Arme erinnerten an gebrochene Flügel.

Über den Rücken zog sich eine tiefe rotklaffende Wunde.

Wachsam nach allen Seiten umsehend zog Weick eine Blutspur hinterlassend Kao in das Innere der Landefähre.

Ein dünner Blutfaden perlte aus Kaos Nase hervor. Auch zwischen den Lippen zeigte sich Blut, und die offenen, doch schon gebrochenen Augen ließen das schlimmste befürchten.

Weick tastete mit den Fingern nach der Hauptschlagader.

Nichts, kein Pulsschlag war zu fühlen.

Er presste das Ohr an Kaos Brust, kein Herzschlag. Es bestand kein Zweifel mehr, Kao lebte nicht mehr.

Behutsam schloss ihm Weick die Augen.

Für Weick und Gontor wurde es eine Nacht der Alpträume. Obwohl sie die Luke der Landefähre geschlossen hatten, konnten sie kein Auge schließen. Laufend klatschten irgendwelche fliegenden Lebewesen an die Quarzglaskuppel. Erst als Weick die Innenbeleuchtung ausschaltete, trat etwas Ruhe ein.

Mit dem Heraufdämmern des Morgens fielen sie endlich in einen unruhigen Halbschlaf.

Die ersten Strahlen der aufgehenden Sonne *Alpha Centauri*, die durch das Quarzglas in die Kuppel fiel, beleuchteten ein Bild der Verwüstung. Zwischen den Trümmern lagen zwei regungslose Gestalten. Es dauerte noch eine ganze Weile, ehe sich die erste Gestalt bewegte, es war Weick.

Zehn Minuten spätere war auch Gontor hellwach.

Eine traurige Arbeit stand ihnen bevor, sie mussten Kao zur letzten Ruhe betten. Bevor sie jedoch die Landefähre verließen, beobachtete Weick aufmerksam die Umgebung. Er konnte nichts Außergewöhnliches feststellen.

Verschwunden waren die Flugsaurier.

Gemeinsam schoben sie die Hilfsleiter aus der Luke. Sie reichte gerade bis zum Planetenboden. An schnell herbeigeholten dünnen Seilen aus Kunststoff ließen sie den leblosen Körper Kaos herab. Immer auf der Hut vor einem überraschenden Angriff der Ungeheuer, hoben sie in unmittelbarer Nähe eine längliche Grube aus, in die sie Kao hineinlegten.

Ein aufgeworfener Erdhügel kennzeichnete die Stelle an der Kao seine letzte Ruhestätte fand.

Die Lufttemperatur erreichte an diesem Tag 35 Grad im Schatten.

In den späten Nachmittagsstunden hörte auch noch der Wind auf zu wehen. Die Ausdünstungen des nahen Urwaldes machte die Luft feucht und stickig.

Die ganze Natur schien unter der Schwüle zu erstarren.

Vögel und Tiere suchten Schutz im Schatten.

Als Weick in Richtung des Kettengebirges blickte, entdeckte er die Ursache der unerträglichen Gluthitze.

Das nächste Gewitter zog heran. Am Horizont türmte sich eine dunkelviolette Wolkenwand auf. Grelle Blitze zuckten über den Himmel, denen krachender Donner folgte.

Plötzlich machte sich Wind auf.

Das Unwetter kam rasch näher.

„Wo bleiben nur die Drei?!“, rief Weick Gontor zu. „Es kommt wahrscheinlich schon wieder so ein tropischer Regenguss!“

Die Sonne *Alpha Centauri* verschwand. Bleifarbenes Zwielicht senkte sich hernieder.

Durch die vor Hitze zitternde Luft klang ein eigenartiger, singender Ton, der sich schneller näherte und in ein stürmisches Sausen überging. Der aufkommende Sturm kam auf einer riesigen Staubwolke, mit Blättern, Zweigen und Sträuchern daher.

In diesem Moment teilte sich das Gestrüpp am Waldrand und nacheinander traten drei Gestalten auf die Lichtung heraus. Sie mussten mächtig gegen den aufkommenden Sturm ankämpfen, der ständig an Heftigkeit zunahm. Mit weit vorgebeugten Oberkörpern bahnten sie sich den Weg durch das hohe Gras. Der Sturm schien die Männer erdrosseln zu wollen. Sie konnten ihm nicht die Gesichter zukehren und atmen, denn der Orkan blies ihnen in den Mund und durch die Nase, weitete ihre Lungen wie Blasebälge. Schützend hielten sie Tücher vor den Mund und schützten die Gesichter mit den Armen.

Erschöpft erreichten sie endlich die Landefähre.

Erstaunt schaute Sörensen auf die zertrümmerte Gangway und die heruntergelassene Hilfsleiter. Ihm blieb kaum Zeit zum Überlegen. Die ersten Regentropfen trafen ihn horizontal ins Gesicht. Der Anprall glich dem einer Bleikugel. Es war wie der Schlag einer Männerhand. Er spürte auf den Wangen ein Stechen, und unwillkürlich standen Tränen der Qual in seinen schmerzenden Augen.

Behände kletterten Sörensen, Wesley und Ulawa die Leiter hinauf. Als sich hinter ihnen die Luke der Landefähre mit einem schmatzenden Geräusch schloss, brach das Unwetter los.

Mit der hereinbrechenden Dunkelheit der Nacht war die Kraft des Unwetters bereits wieder gebrochen. Der Regen hörte auf, doch noch immer hingen Wolken schwer wie voll gezogene Filzmatten, tief über dem Planetenboden.

Die an den Boden gepressten Gräser und Sträucher richteten sich allmählich wieder auf und schüttelten die Wassertropfen ab.

Zwei Monate waren seit der denkwürdigen Expedition in die grüne Hölle des Planeten vergangen. Seit dem waren sie recht vorsichtig geworden. Nur wenn die Männer auf Nahrungssuche gingen, entfernen sie sich weiter als 1.000 Meter von der Landefähre. Die Angst vor den Ungeheuern des Planeten saß ihnen immer noch im Nacken. Der Tot Kaos hatte sich tief in das Bewusstsein eingeprägt.

Oft saßen sie stundenlang am offenen Feuer, ohne auch nur ein Wort zu wechseln. Mag sein, dass sie sich nichts zu sagen hatten, mag aber auch sein, dass sie nicht sprechen wollten, weil sie sich vor den eigenen Worten fürchteten.

Verschiedentlich waren sie von Gewittern überrascht worden. Meistens von heftigen, aber kurzen Schauern. Die Landefähre bot ihnen den notwendigen Schutz.

Langsam aber sicher begannen sie zu verwildern.

Entgegen ihren Erwartungen stellte sich am nächsten Morgen kein Gewitter ein. Der Tau lag in feinen Perlen auf dem borstigen Gras, auf den niedrigen Farnbüschen, auf dem Bärlapp und dem samtweichen Moos. Das erste Licht der Sonne *Alpha Centauri* kämpfte erfolgreich mit den Schatten der Nacht.

Empfindlich kühl war es als fünf Gestalten die Landefähre verließen. Fröstelnd zogen sie die Reißverschlüsse ihrer Kombinationen zu. Nur Ulawa schien die Kühle nichts auszumachen.

Nach einem Blick zum Himmel stellte Sörensen fest: „Wir werden den heutigen Tag zu einer Erkundung in Richtung des Gebirges nutzen. Oder hat einer etwas anderes vor?"

Schweigen.

„Ich sehe ihr seit meiner Meinung … Dann wollen wir mal."

Nebel schwebte über der Lichtung, der mit seinen eiskaltem Hauch die Entschlusskraft der Männer zu lähmen schien. Besonders Wesley fühlte, wie alles an ihm erstarrte. Er musste all seine Kräfte zusammennehmen, um nicht zu sagen: „Ich kann nicht, lasst mich, ich bin müde, nichts als müde."

Doch Wesley sagte kein Wort. Er musste immer wieder an die seltsamen Steine mit den Hieroglyphen denken, die sie vor zwei Monaten entdeckt hatten.

Die Nebelschwaden ballten sich über der Ebene zusammen. Alles wirkte gedämpft, wurde verschlungen von den schwefligen Schwaden des Morgennebels.

Nachdem Sörensen die Luftschleuse der Landefähre verschlossen hatte, marschierten sie los. Einer hinter dem anderen, mit einem Abstand von zwei bis drei Metern. Das war sicherer und man konnte im Notfall helfen, wenn dem vorangehenden Gefährten Gefahr drohte.

Wesley starrte in das dichte Gebräu, das auf der Lichtung emporstieg.

Bereits nach hundert Metern verschwand hinter ihnen die Landefähre im nebligen Dunst.

Schweigend schritten die Männer auf die weite Ebene hinaus.

Wieder und immer wieder versuchten sie mit ihren Blicken die dampfenden Schwaden zu durchdringen.

Vergeblich.

Umso mehr mussten sie sich auf ihr Gehör verlassen. Jedes Geräusch galt es zu beachten, denn es konnte Tod und Verderben bedeuten.

Einige Zeit bewegten sie sich nun schon über das Flachland, wichen dichtem Gestrüpp aus, umgingen übel riechende Wassertümpel und kämpften sich durch niedrige Farnbüsche.

Überall brodelnder Nebel.

„Halt", flüsterte Wesley plötzlich und packte Peer am Oberarm.

Die Männer blieben sofort stehen. Keine Faser des Körpers bewegend lauschten sie in das milchige Weiß.

Nichts, alles war ruhig und doch hätte Wesley schwören können ein Geräusch gehört zu haben. Es klang wie drohendes Knurren.

Da!

Nun glaubte auch Weick etwas zu hören.

Aber was war das nur für ein Laut?

Tapste da etwa jemand durch das hohe, borstige Gras?

Es war ein seltsames Geräusch, ein Laut, den er noch nie gehört hatte.

Jetzt hatten auch die anderen das Geräusch gehört.

Wesley war sich sofort seiner Sache sicher und sagte: „Das sind Schritte."

Schnell verkrochen sich die Fünfe unter einem dichten Busch.

Da schob sich auch schon aus dem Nebel ein unförmiger brauner Klumpen.

Heiß und kalt überlief es den Männern.

Bald konnten sie den zottigen Berg genau erkennen. Sie sahen einen roten Rachen, dessen heißen Atem sie bereits zu spüren meinten. Das unheimliche Wesen lief aufrecht, wie ein Mensch. Langsam trottete es auf das Gestrüpp zu.

Am liebsten wären sie davongelaufen, aber die Füße hatte der Schreck gelähmt.

Er riecht uns, konnte Wesley gerade noch denken, da war das Biest bereits bis auf drei Schritte heran.

Flach pressten sich die Männer an den Boden und wären am liebsten wie Maulwürfe in ihm verschwunden.

Das Grauen packte sie und ließ keinen vernünftigen Gedanken mehr zu.

Ein Bär, ja ein Bär war es, der gemächlich an ihnen vorbei trottete, quer über die Lichtung lief und im Nebel verschwand.

Wesley wischte sich mit dem Ärmel den kalten Angstschweiß von der Stirn und richtete sich langsam auf.

Lauschend standen sie noch eine ganze Weile da.

„Was war das? … Ein Gespenst … oder reale Wirklichkeit?“ wollte Sörensen wissen.

„Das war kein Gespenst, sondern ein Bär! Gespenster machen keine Spuren, aber der Bär hat sicherlich eine hinterlassen“, antwortete Wesley.

Vorsichtig, nach allen Seiten schauend, traten die Männer aus der schützenden Deckung des Gestrüpps. Sie blickten nach der Spur suchend auf den Boden. Und da war sie, breit ausgetreten.

„Also kein Gespenst ...“, meinte Wesley, „... sondern ein leibhaftiger Bär.“

Ohne sich weiter aufzuhalten, eilten sie den Pfad, der langsam anstieg, entlang. Jeden Augenblick auf den Angriff des Bären gefasst.

Der Nebel lichtete sich.

Die weißen Fetzen flatterten regellos über die Ebene davon.

Endlich erreichten sie den Rand der Lichtung. Hier versperrte ihnen eine vier Meter hohe, grüne Mauer aus mannigfaltigen Sträuchern den Weg. Langstielige Pflanzen mit zweilappigen Blättern, zitternde fleischfressende Pflanzen, riesige Farne, Blütenpflanzen und in allen Farben schimmernde Orchideen bildeten ein undurchdringliches Dickicht. Über alledem ragten die Wipfel riesiger alter Bäume hinaus.

Der Nebel hatte sich verzogen und für die Strahlen der Sonne *Alpha Centauri* gab es kein Hindernis mehr.

Mühsam kämpften sich die Männer in die grüne Hölle hinein. Allen voran Ulawa, der mit seinem langen Messer den Weg durch das Gestrüpp bahnte. Wieder und immer wieder ließ er unermüdlich das scharfe Messer in das undurchdringliche Gewirr von Zweigen, Ranken und Lianen sausen.

Verfluchte wildwuchernde Hölle!

Es war ein mörderisches Hindernis, ein Chaos aus zitternden fleischfressenden Pflanzen, Dornengestrüpp, umgestürzten Bäumen, zerschmetterten Baumriesen und scharfkantigen Felsbrocken. Wie spitze Dolche und Schwerter ragten Holzsplitter aus den Baumstümpfen.

Weick musste ständig den Kopf einziehen.

Wenige Schritte seitwärts schimmerte Wesleys kurzgeschnittenes borstiges Haar durch die grünen Blätter.

Sörensen riss eine Liane herunter.

Eine kleine grüne Schlange ließ Gontor ängstlich zurückschrecken.

Plötzlich Morast.

Der Boden schwankte, irgendwo gluckste Wasser.

Nach einer weiteren Stunde Marsch lichtete sich der Urwald und ging allmählich in eine ansteigende Ebene über. Hier herrschte niedriger Pflanzenwuchs.

„Jetzt kommen wir besser vorwärts“, bemerkte Sörensen.

Ihren Blicken eröffnete sich eine völlig neue Landschaft. Ein unübersichtliches Gebirgslabyrinth breitete sich vor den Männern aus. In der Ferne ragte ein einzelner Vulkan empor. Hoch oben, um den Gipfel hingen weiße Rauchwolken.

Die Berge schienen sich die flockigen Wolken als lustiges Hütchen aufgesetzt zu haben.

In die, vor ihnen liegende Schlucht führte ein schmaler Pfad hinein. Rechts und links des Weges wuchs bläulich schimmerndes Gras, das fast bis an die Hüften reichte. Hier und dort gediehen zwischen dem Gras eigenartige Gewächse, von denen manche zwei Meter hoch waren und deren Blüten einen betäubenden Duft ausströmten.

Der Pfad schlängelte sich zwischen senkrecht emporragenden Felswänden entlang. Sie waren glatt, wie poliert, wie geschliffener Marmor, fast wie Glas.

Ja natürlich, wie Glas!

Sörensen hob die Hand.

Die Männer blieben stehen.

„Komisch! Es sieht so aus als würden hier Kristalle aus dem Naturfelsen herauswachsen“, stellte Sörensen fest. „Ich kann nirgends den geringsten Spalt, die kleinste Fuge finden.“

„Ist das nicht seltsam?“, bemerkte Wesley.

„Vielleicht haben das die Außerirdische hinterlassen“, wollte Gontor gar wissen.

„Ja, ja Außerirdische“, spöttelte Sörensen.

Nach der nächsten scharfen Biegung erweiterte sich die Schlucht und die Männer traten auf einen breiten Felsabsatz hinaus.

Vor ihnen lag ein breites Tal. Tief unten schoss ein reißender Fluss dahin. Mehrere Kilometer hinter dem Fluss begann dichter Wald, der den ganzen Gesichtskreis einnahm. Dieses Bild voll wilder und bedrückender Romantik schlug die Männer in ihren Bann, umklammerte die Seele und verdrängte alles außer dem Gefühl dumpfes Sehnen.

Auf dem Saumpfad, der vom Felsabsatz in eine enge Felsenschlucht abbog, ging es weiter.

Rechts unter ihnen rauschte der wilde Gebirgsfluss mit lautem Getöse dahin.

An der schmalsten Stelle des simsartig hervorstehenden Pfades strauchelte Gontor und verlor das Gleichgewicht.

Ein Felsbrocken löste sich unter seinen Füßen und polterte in die zwielichtige Tiefe.

Mürbes Gestein rann wie Sand hinter her.

Gontor rutschte unaufhaltsam die glatte Wand hinab.

Unter ihm tobte der angeschwollene Fluss wild durch die Felsenschlucht. Immer wieder aufbäumend brandete das aufgewühlte Wasser an die steilen Ufer. Brüllende Wellen klatschten mit voller Wucht gegen die Steine, spritzten auf und rollten stöhnend zurück. Doch gleich darauf stießen Wasser und Steine erneut aufeinander und erfüllten die Schlucht mit wütendem Getöse.

Gontor suchte krampfhaft nach Halt. Er klammerte sich an jede Unebenheit, griff nach jedem trockenen Grasbüschel. Endlich gelang es ihm, sich für einen Moment an das Gestein zu pressen und die Fallgeschwindigkeit abzubremsen. Die übermenschliche Anstrengung, mit der er die Finger in eine enge Spalte krallte, raubte ihm fast das Bewusstsein. Es half alles nichts, der Griff löste sich.

Und weiter rutschte er bergab.

Ganz überraschend endete der Absturz.

Er war auf einem schmalen Vorsprung zum Liegen gekommen. Gontor konnte es kaum fassen, dass er noch am Leben war. Mit großer Mühe richtete er sich vorsichtig auf und betastete den geschundenen Körper. Zum Glück konnte er weder Knochenbrüche noch Verrenkungen feststellen. Nur Schrammen und Quetschungen hatte er am ganzen Körper.

„Hilfe ... Hilfe! ... So helft mir doch!“ erklang erst zaghaft, dann immer lauter sein Rufen.

Sörensen und Wesley suchten prüfend den Rand des Abgrundes ab. Weick und Ulawa sicherten sie. Zwischen zwei Steinschwellen fanden sie schließlich den genügenden Halt.

Wesley ließ sich von dort auf einen tiefer gelegenen Felsabsatz hinunter. Vorsichtig bewegte er sich an den Rand des Absatzes vor.

Die Kante schien brüchig zu sein.

Doch der Felsabschluss hielt und Wesley zeigte mit dem Daumen nach oben an, dass alles in Ordnung sei.

Nun kletterte auch Sörensen herunter und schob sich behutsam bis zu Wesley vor. Er sah von hier aus zwar mehr als von oben, aber noch versperrte ihm ein Felswulst den geraden Blick nach unten.

In Wesley war in der Zwischenzeit ein kühner Entschluss gereift. Er wandte sich an Sörensen: „Halte meine Beine fest, ich schiebe mich weiter über den Rand. Vielleicht kann ich dann Gontor sehen.“

Mit kräftigem Griff hielt Sörensen Wesleys Beine fest. Der schob sich jetzt weit nach vorn. Schon reichte der waghalsige Weltraumkadett mit dem Kopf weit über den Rand des Felsabsatzes hinaus.

Frei war der Blick nach unten.

Der ungestüm dahin schießende Fluss schien plötzlich stillzustehen.

Schwindel ergriff Wesley, alles ringsum drehte sich, alles verschwamm vor den Augen, wurde zu einem gewaltigen Strudel und dieser versuchte ihn herab in den Sog zu ziehen.

Aber die kräftigen Hände Sörensens hielten ihn sicher an den Beinen fest.

Ein kalter Schauer lief Wesley über den Rücken, die Hände wurden feucht. Er kniff die Augen zusammen und hoffte das Schwindelgefühl würde vergehen. Als er die Augen wieder öffnete, hatte das Drehen tatsächlich aufgehört, er spürte nur noch Übelkeit.

Von unten hörte man Rufen, seltsamerweise schien es nicht aus allzu großer Tiefe zu kommen.

Wesley jubelte: „Da ist Gontor ..., da ist er!“

Er sah ihn auf einem schmalen Felsvorsprung stehen. Nicht gerade beneidenswert war seine Lage. Bei jeder Bewegung brachen kleine Brocken aus dem Sims und verschwanden polternd in der Tiefe. Lange würde Gontor sich nicht mehr halten können und der Sturz in die Tiefe wäre die Folge.

„Gontor …! Gontor hörst du mich …? Wir kommen dir zu Hilfe! ... Halte aus!“ rief Wesley in die Schlucht hinunter.

„Ja, ich höre Dich! Lass ein Seil runter!“ klang es von unten herauf.

Nur gut, dass sie Seile, in weiser Voraussicht, für die Klettertour, mitgenommen hatten.

Wesley schob sich wieder auf dem Bauch über die Felskante vor und ließ das Seil vorsichtig hinunter. Bald zeigte Rufen von unten, dass das Seilende an seinen Bestimmungsort angekommen war.

„Hast du es?“, rief Wesley.

„Ja ich hab es!“ kam die beruhigende Antwort. „Nur bin ich mir nicht sicher, ob meine Kraft noch reicht.“

„Na klar, reicht deine Kraft! Von hier bis zu dir sind es sechs, vielleicht sieben Meter.“

„Wenn du es sagst“, klang es zaghaft von unten herauf.

„Du schaffst es! Wir sind auch noch da!“ machte Wesley ihm Mut.

Gontor band sich das Seil um die Hüfte. Bei jeder Bewegung, die er dabei machte, prasselt ein ganzer Hagel von Steinbrocken in die Tiefe.

Unter Ausnutzung der Felsvorsprünge begann Gontor nach oben zu klettern.

Sörensen und Wesley hielten das Seil und stemmten mit aller Kraft die Beine gegen den Felsen. Sie wussten, dass es jetzt um Gontors Leben ging. Sein Gewicht drohte die beiden in die Tiefe zu ziehen.

Salziger Schweiß rann Wesley über das Gesicht in die Augen, in den Mund. Die Handflächen schwollen an, die Finger verkrampften sich. Von der Last des Körpers schienen die Arme immer länger zu werden.

Da kam ihnen Ulawa zur Hilfe, der bisher stumm das Geschehen verfolgte. Er band sich das Seil um den Leib und suchte für die nackten Füße festen Halt.

Vier Meter hatte Gontor zurückgelegt, als es nicht mehr weiter ging.

Eine glatte Felsfläche versperrte den Weg nach oben.

Vergeblich suchte Gontor nach einer noch so kleinen Spalte, einen noch so kleinen Vorsprung. Schließlich riskierte er in seiner scheinbaren Ausweglosigkeit einen verzweifelten Schritt. Sich von der Felswand abstoßend schwang er am Seil zu einer seitlichen Felsstufe hin und krallte sich dort mit den Fingerspitzen im Gestein fest. Mit einem Fuß suchte er nach einem Halt, den er schließlich fand. Jetzt entdeckte er auch für den anderen Fuß auf einem kleinen Felsvorsprung halt. Die vom Seil aufgeriebenen Hände bluteten und brannten.

„Hoffentlich reicht seine Kraft?“, murmelte Wesley.

Und Gontor schaffte es.

Erschöpft aber zufrieden grabbelte er über den Rand des Saumpfades.

„Geschafft! … Endlich … Geschafft!“ kam es erleichtert über seine Lippen.

Gontor versuchte sich aufzurichten, aber immer wieder knickten ihm die Beine weg. Sörensen und Wesley mussten ihn stützen, so entkräftet war er.

So würden sie nicht weiter kommen und sie suchten in einer windgeschützten Felsnische Schutz. Hier bot sich die Gelegenheit neue Kräfte zu sammeln.

Gontor konnte es immer noch nicht glauben, dass er wirklich noch lebte.

„Hast du Hunger?“, wollte Wesley wissen.

Gontor schnaufte nur und griff hastig nach der Kaltverpflegung. Gierig schlang er sie hinunter.

Allmählich kehrten seine Kräfte zurück. Er stand auf und versuchte einige Schritte zu gehen ..., als die schmerzenden Glieder sich ein wenig an die Bewegung gewöhnt hatten, ging es ganz leidlich.

„Bis zum Einbruch der Dunkelheit müssen wir aus der Schlucht raus sein! Los, es geht weiter“ drängelte Sörensen.

Seine Worte bewirkten, dass alle sofort und ohne zu murren aufstanden.

Der Weg führte in verborgenen Kehren und Windungen, den Saumpfad und Wildwechsel benutzend immer höher hinauf.

Die Sonne *Alpha Centauri* war bereits hinter den Bergen verschwunden. Die Schatten der Berge krochen aufeinander zu und tauchten die bunten Farben des Tages in das Grau der heraufdämmernden Nacht.

Und es war gut, dass niemand mehr sehen konnte, wie tief der reißende Fluss seinen Weg in den Berg geschnitten hatte, wie weit die Felsen hinabstürzten.

Der Einzige, dem wie immer alles nicht berührte, war Ulawa. Er stieg mit einer Sicherheit über Stock und Stein, als liefe er auf einer breiten Straße.

Nach dem Sie einen 18 Meter langen Tunnel, er musste künstlich in den Felsen getrieben worden sein, durchquert hatten ging es vorbei an gefährlichen Abgründen und auf Treppenstufen, wirklichen Treppenstufen die nächste Steigung hinauf. Von hier fiel der Pfad allmählich ab.

Über ihnen schienen die schroffen Felsenklippen, wie uneinnehmbare Wachtürme zu thronen, von denen man ungebetene Eindringlinge mit Steinen überschütten könnte.

Der Weg endete auf einem Bergsattel auf dem Sie ihr Nachtlager aufschlugen.

Die Strapazen waren so groß gewesen, dass sie sogar vergaßen, eine Wache aufzustellen. Sie fielen in einen tiefen Schlaf, aus dem sie erst in den späten Vormittagsstunden des nächsten Tages erwachten.

Überrascht schauten sie auf ein grandioses Landschaftspanorama. Irgendwie machte es auch hier den Eindruck, als wären die Terrassen künstlich angelegt wurden.

„Seht doch, die Steine dort!“ sprach Wesley.

Überall, wohin sie auch blickten, bearbeitetes Gestein. Da gab es saubere geschliffene Wände, mehrere aus Felsen gehauene Kammern, Rinnen und Mulden im geglätteten Boden.

Die Vegetation wies hier die gleiche verrückte Überfülle von Formen und Arten auf, die gleichen unklassifizierten Blätter, Früchte und Blüten. Nur, oder bildete Wesley es sich ein, gab es hier weniger Vögel.

Riesige Stauden mit roten Fruchtbündeln säumten ihren weiteren Weg.

„Ich kann das nicht glauben“, stieß Gontor erregt hervor. „Das sind doch Feis, die seltenen Gebirgsbananen der Erde. Wie kommen die denn hier her?“

„Du kannst es ruhig glauben. Es sind wirklich Gebirgsbananen“ stellte auch Sörensen fest. „Aber Vorsicht!

Im rohen Zustand sind sie ungenießbar, werden sie in der Asche geröstet und dann in kremweiße Soße aus geraspeltem Kokosnusskern getaucht kann man sie essen. Ein köstliches Dessert!“

„Da ist ja wenigstens unsere Verpflegung gesichert. Nur woher nehmen wir die kremweiße Soße aus geraspelten Kokosnusskernen?“ spöttelte Wesley.

Herrlich war die Sicht von hier oben.

Die Berge, die sie von ihrer Lichtung aus gesehen hatten, waren jetzt nur wie Maulwurfshügel groß. Dahinter ragten andere Berge auf, hohe und niedrige, weiß verschneite und grün bewaldete.

Eiskalt und riesig wirkten die weißen Gipfel der Vulkane.

Die Rauchwolken sahen jetzt gar nicht mehr klein aus. Dicht und schwer hingen sie um die Spitzen der Berge, und manchmal leuchtete es rot auf in dem weißen Schleier.

Es war bereits fast wieder dunkel geworden, als Sörensen halten ließ.

Eine Felswand ragte vor ihnen, in etwa einhundertundfünfzig Meter Entfernung, in die Höhe. Am Fuße wuchsen riesige Farne, vereinzeltes niedriges Gestrüpp, behaarte Stängel mit geäderten Knospen und lanzettförmigen Blättern am Stängelanfang. Zwischen allen wuchs Bärlapp und Moos.

Nebelschleier formten sich.

Leichter Wind trieb sie die Berge entlang, und in jeder Felsnische blieb ein kleiner Zipfel hängen.

Es wurde höchste Zeit sich nach einem geeigneten Lagerplatz umzusehen.

Wesley und Gontor krochen zwischen dem Dickicht an der Felswand umher.

Auf einmal rief Gontor: „Eine Höhle …! Hierher …! Eine Höhle …!“

Noch bevor Sörensen Gontor warnen konnte, kroch der neugierige Entdecker in die Höhle.

Zum Glück hauste kein wildes Tier darin.

Wesley wagte sich ebenfalls in das Höhlendunkel vor.

Vor dem Eingang, durch riesige Farne halb verdeckt, wartete Gontor, und zeigte stolz den herankommenden Sörensen und Ulawa mit weitausholender Geste, wie geräumig das Gewölbe war.

Ihre Stimmen hallten durch den unterirdischen Dom.

In kurzer Zeit zuckte der helle Schein des Lagerfeuers über die Felsenwände und riss dünne, übereinanderliegende grünliche Gesteinsschichten aus der Dunkelheit.

Und schon brutzelte über den hochlodernden Flammen ein unscheinbares Nagetier, das in seinem Aussehen an ein großes Eichhörnchen erinnerte. Es schmeckte zwar bitter und war zäh, aber es vertrieb den nagenden Hunger.

Sörensen beschloss, am Höhleneingang einen Wachposten aufzustellen.

Wesley übernahm die erste Wache, um Mitternacht folgte Gontor.

Unter diesem Schutz konnten alle anderen ruhig schlafen.

Und so wurde es bald still in der Höhle. Die regelmäßigen Atemzüge der Schläfer drangen durch das Dunkel der Nacht. Dazwischen ertönte das laute sägende Schnarchen eines unruhigen Schläfers.

Wesley saß auf einer Wurzel vor der Höhle und starrte wachsam in den Nebeldunst, der über dem Felsplateau schwebte.

Da ..., es schien, als hätte er eine Tierstimme gehört.

Sofort erstarrte er zu völliger Reglosigkeit und horchte angestrengt in die Nacht hinaus.

Alles war still.

Wesley lehnte sich beruhigt an den Felsen zurück.

Da wieder ...

Der Wind wehte erneut seltsames Brummen herüber.

Ein Tier schien sich herumzutreiben.

Wesley zog den *Sigma Westar-34-Blaster* aus dem Gürtel und legte ihn auf die Knie.

Aus dem Nebel, den das kalte Licht der Dunkelsonne *Proxima Centauri* auf den Boden gedrückt hatte, ragten die dunklen Gebilde der Pflanzen wie Inseln heraus.

Stille herrschte.

Kein Lüftchen regte sich.

„Hoffentlich ist es bald Mitternacht“, führte Wesley Selbstgespräche.

Ein grässliches Gebrumm ließ ihn hochfahren, er musste wohl doch kurz eingenickt sein.

Ein gewaltiges Tier, dessen dunkle Masse sich drohend vom Nachthimmel abhob, kam auf ihn zu.

Wesley machte vor Schreck und Entsetzen ein paar Sekunden das dümmste, was man in dieser Situation machen konnte. Er schloss für einen Moment die Augen, als könnte er damit das riesige Untier aus der Welt schaffen.

Als er die Augen wieder öffnete, erkannte er deutlich die riesige rotbraune Gestalt, die wie ein Lebewesen aus längst vergangenen Zeiten, auf ihn zukam.

Es war ein riesiger Bär.

Er stürzte mit einer Schnelligkeit heran, die wirklich furchterregend war.

Dreck und Steine spritzten unter den Tatzen weg.

Bersten und knacken erfüllte die Nachtluft, und alles wurde von zornigem Brummen überlagert.

Wesley schoss. Als er den Abzug durchzog, wusste er bereits, dass das dünne, grünliche Strahlenbündel nicht traf.

Erneut zuckte ein Strahlenbündel auf.

Der feine, streuende Strahl hüllte diesmal das *Prachtexemplar* in geisterhaftes, grünliches Licht und ließ es noch unirdischer erscheinen.

Das Raubtier brüllte vor Schmerz auf und hielt mitten im Sprung inne. Stellte sich wie erstaunt auf die Hinterbeine, streckte sich, versuchte mit erhobenen Tatzen sich in der Luft festzukrallen. Der Koloss krachte wie ein geborstener Baumriese zu Boden. Die messerscharfen Klauen wühlten im Todeskampf das Moos auf, dann erstarrte das zottige Monstrum. In den kleinen düsteren Mörderaugen war kein Leben mehr.

Ausgestreckt lag das Raubtier inmitten der Farne.

Das Gebrüll des Bären hatte die Schlafenden geweckt.

Sörensen und Gontor standen im Höhleneingang und hatten mit wachsamen Augen den kurzen Kampf verfolgt.

Weick erschien jetzt hinter den beiden.

Nur Ulawa schlief den Schlaf eines Wilden.

Die Dunkelsonne *Proxima Centauri* stand jetzt senkrecht über den Bergen. Es war Mitternacht.

Kalter Wind kam auf. Er wehte über das Plateau und trieb Staub, Blätter und kleine Zweige vor sich her, wirbelte sie in der Luft, drehte sie wie ein Kreisel um sich selbst und brach sich schließlich fauchend an den steil aufragenden Felsen. Die Kräfte der Natur waren eher zu hören als zu sehen.

Wolken schwebten heran, dicke Wolken, die hin und wieder die Dunkelsonne *Proxima Centauri* verdeckten und als schwarze Schatten die Berge hinauf glitten.

Sörensen gebot schließlich Ruhe und Schlaf.

Wesley wurde von Gontor abgelöst.

Es wurde still.

Nur die regelmäßigen Atemzüge der Schlafenden klangen durch die Höhle.

Die Ruhe währte kaum vier Stunden.

Furchtbares Getöse und heftige Erdstöße weckten die Schlafenden. Es schien, als ob sie in die Luft geschleudert würden. Sie sprangen auf die Beine und blickten erschrocken um sich.

Der Planet bebte unter ihren Füßen und aus der Höhlendecke lösten sich vereinzelte Steine.

Zum Glück wurde niemand getroffen.

Dumpfes Grollen klang aus dem Felsen, wurde leiser und leiser. Mit dem Verstummen des Grollens hörte auch das Beben auf.

Nun störte nichts mehr die Nachtruhe, und bald lagen bis auf die aufgestellte Nachtwache alle im tiefen Schlaf.

Kaum war der neue Morgen angebrochen, da rappelte sich Ulawa bereits auf und begann auf eigene Faust die nähere Umgebung zu erkunden.

Höher und höher stieg die Sonne *Alpha Centauri* und drängte die langen Schatten der Berge zurück.

Ulawa schlängelte sich durch die riesigen Farne, dabei immer dicht an der Felswand entlang. Sein Blick glitt an den schroffen Felsen entlang. Er glaubte seinen Augen nicht trauen zu können, was er da erblickte.

Der sich zurückziehende Schatten legte eine weitere Höhlenöffnung frei.

Ein finsteres Loch im hellen Stein.

Ulawa fand nach dem Abenteuer mit dem Bären nicht den Mut sich in die dunkle Öffnung hineinzuwagen. Schnell kehrte er zum Lager zurück, um von seiner Entdeckung zu berichten.

Einige der Männer waren bereits erwacht und rieben sich den letzten Schlaf aus den Augen.

Bei Ulawas Bericht, über das Auffinden eines weiteren Höhleneinganges verflog auch bei dem letzten Langschläfer der Rest von Müdigkeit.

Jeder wollte den Eingang sehen.

„Nun mal langsam“, konnte Sörensen die aufgescheuchte Meute gerade noch bremsen. „Erst wird in Ruhe gefrühstückt und dann werden wir weiter sehen.“

Nach 30 Minuten standen sie dann zaudernd vor dem Höhlenschlund und lauschten angestrengt in das Dunkel hinein. Bei jedem ungewohnten Geräusch schreckten sie zusammen.

Mit den Worten: „Mir nach!“ verschwand Sörensen kurz entschlossen in der Öffnung.

Keiner wollte sich jetzt mehr eine Blöße geben und einer nach dem anderen folgte ihm in den dunklen Gang hinein.

Anfangs unterschied sich die Höhle in keiner Weise von der Ersten. Der Unterschied wurde erst ersichtlich als sie das Ende, einen riesigen Dom, erreichten. Hier schoss ein unterirdischer Wasserfall in einem Sprung von etwa zehn Meter Höhe aus der Felswand herab. Im hohen Bogen stürzte das Nass in ein Becken aus Stein, um von dort in breitem Strom noch zwei Meter tiefer in einem wild aufschäumenden Strudel durch eine Felsöffnung zu verschwinden.

Staunend standen die Männer vor diesem grandiosen Naturschauspiel, das eine undefinierbare Lichtquelle anstrahlte.

„Dieser Wasserfall ist doch niemals natürlichen Ursprungs“, folgerte Sörensen sofort.

„Und weiter geht es auch nicht“, stellte Wesley besorgt fest. „Oder?“

Ehe jemand Wesley daran hindern konnte, stapfte er durch das knietiefe Wasser des Beckens und verschwand hinter dem dicken, tosenden Wasservorhang.

„Habt ihr das gesehen?“ platzte Weick heraus. „Spinnt der?“

„Las ihm doch seinen Spaß, wenn er unbedingt nass werden will“ bemerkte Gontor spöttisch.

Es verging eine Minute.

Eine zweite Minute.

Da teilte sich der Wasservorhang und Wesley kam zum Vorschein, tropfnass wie ein gebadetes Kätzchen.

„Los kommt, dahinter geht es weiter!“

„Das glaubst du wo selbst nicht? Willst nur, dass wir auch nass werden“, bemerkte Weick.

„Da geht es doch nicht weiter, oder?“, äußerte sich Gontor skeptisch.

„Ihr werdet es sehen … Der Wasserfall wurde künstlich angelegt. Warum, weiß der Teufel.“

„Das werden wir schon herausfinden Welf …, wenn es stimmt, was du da sagst“, antwortete Weick zuversichtlich. „Los, mir nach!“

Ohne zu zögern, ging es durch die herabstürzenden Wassermassen hindurch und sie standen ratlos vor einer glatten Felswand aus grünem Gestein.

„Nun wo ist denn dein Weg“ wandte sich Gontor mit spöttischem Unterton in der Stimme an Wesley.

Mit den Worten: „Warts ab!“ und einer abwertenden Handbewegung tat er dessen Bemerkung ab.

Unregelmäßige Einsprünge überzogen den Fels vor ihnen mit einem Netz von Adern, das sich an einzelnen Stellen zu ungleichen Zeichnungen verschlang.

Soviel die Männer auch suchten, nirgends war eine Öffnung oder ein Durchgang zu entdecken.

Es schien wirklich nicht mehr weiterzugehen.

Sollte ihre Entdeckungsreise hier schon ihr Ende gefunden haben?

Die Enttäuschung stand allen allzu offensichtlich ins Gesicht geschrieben.

Nur Wesley gab nicht auf. Er klopfte die Felswand ab, kletterte an ihr herum, dann stand er wieder brütend in stumpfer Verzweiflung vor der unbezwingbaren Wand.

Plötzlich fuhr sich Wesley aufjubelnd in die Haare. Krebsrot im Gesicht, gurgelndes Geheul ausstoßend stürzte er mit einem schweren Stein, den er vom Boden aufraffte, auf die Felswand zu.

Sörensen sprang ihm nach und packte ihn am Arm: „Was soll das? Bist du jetzt verrückt geworden?“

„Loslassen!“, brüllte Wesley zurück und gab Sörensen einen Stoß, um den ihn jeder Preisboxer beneidet hätte, „das da, das sind die gleichen Schriftzeichen und geometrischen Symbole, wie auf dem Obelisken im Urwald ..., nur die Piktogramme fehlen.“

Wesley schlug mit dem Steinbrocken auf die Stelle los, an der sich das weiße Adern Netz zu einer verworrenen Zeichnung verschlang.

Nach dem dritten Schlag ertönten lautes Knirschen und Krachen.

Die Schriftzeichen brachen auseinander. Gesteinsstrümmer fielen herab und in der Felswand entstand ein Loch von der Größe eines Fußballs. Feines Klingen wie von zerspringendem Glas ertönte, und das Klingen lief durch die ganze Felswand, das Netz der Adern entlang. Da und dort bröckelten Splitter heraus.

„Die Adern, die wir für Quarz gehalten haben, müssen eine Art Glas sein, das im flüssigen Zustand zwischen die Felsblöcke gegossen wurde und nach dem Erkalten eine feste Verbindung herstellte“, erklärte Wesley sein Benehmen. Er ließ den Stein sinken. „Die Außerirdischen, oder wer auch immer, haben es so kunstvoll einzurichten verstanden, dass es nur eine einzige Stelle gibt, die man herausfinden muss, um das ganze Gefüge zum Zersplittern zu bringen.“

Eifrig machten sich die Männer daran das glasartige Material aus den Fugen zu puhlen. Es zeigte sich, dass die Felswand aus aufeinandergetürmten Blöcken bestand. Die Blöcke waren so groß und schwer, dass es ihnen nur gemeinsam und mit großer Kraftanstrengung gelang, einen der untersten Blöcke herauszuziehen.

Kälte schlug ihnen entgegen.

Grabeskälte!

Abgestandene Luft!

Die Temperatur musste um den Gefrierpunkt liegen.

Wesley ließ es sich nicht nehmen als Erster, mit beiden Beinen voran, in die stockdunkle Felsöffnung hineinzukriechen. Im Schein der Taschenlampe erblickte er einige Felsplatten, die von der Decke herabgefallen waren. Vorsichtig kletterte er über dieses Hindernis hinweg, dabei kam es ihm vor als streiche der Hauch verflossener Ewigkeit an ihm vorbei. Ein unheimliches Gefühl, das er sich nicht erklären konnte, bemächtigte sich seiner.

Die glatten, aber keineswegs polierten Felswände waren kalt und trocken. Das gelbe Licht des Scheinwerferkegels verlor sich in der Tiefe des Ganges.

Wesley schien keine Einwände zu erwarten, als er sofort nach seiner Aufforderung: „Folgt mir!“ in den engen Gang hineinschritt. Vor ihm tanzte der helle Kreis des Lichtes. Plötzlich wurde der Schein von glattpolierten Wänden des Ganges reflektiert.

„Die Wände sind jetzt glatt ..., wie poliert ..., wie geschliffener Marmor ..., fast wie Glas“, stellte Wesley sachlich fest.

„Ja, natürlich, wie Glas!“ kam Sörensens Bekräftigung.

Mit zögernden Schritten ging Wesley weiter. Er konnte eine gewisse Vorahnung, die mit Gefahr und Unheil zusammenhing, nicht unterdrücken. Er war durchaus kein

Feigling, aber das hier war alles zu unheimlich und beklemmend.

Hinter den Männern wurde das matte Licht des Tunneleinganges immer kleiner, bis es nach der ersten Biegung völlig verschwand.

Es wurde merklich wärmer.

Der Laut ihre Schritte verstärkte sich zu einem unheimlichen, akustischen Stakkato, das nur langsam in der dunklen Ferne verebbte.

Das trug nicht gerade zu ihrer Beruhigung bei.

Nach rechts zweigte jetzt ein Gang ab. Er endete jedoch bereits nach wenigen Metern in einer rechteckigen Höhle mit roh behauenen Wänden. Hier roch es streng, wie der Geruch von Fledermäusen. Einen zweiten Ausgang oder eine Fortsetzung des Ganges gab es nicht.

Sie mussten zurück und hielten wenige Minuten später wieder an der Abzweigung.

Die Männer standen vor einer wichtigen Entscheidung und das wussten sie auch. Sollten sie den Gang weitergehen, der jetzt schräg hinab in die Tiefe führte oder sich lieber zurückziehen.

Die Neugier siegte.

Sie waren noch keine zweihundert Meter weiter vorgedrungen, da erweiterte sich der so enge Gang beachtlich und mündete in einem Raum.

Der helle Schein der Taschenlampen riss herabgestürztes Gestein aus der Dunkelheit. In der Mitte jedoch lag ein Quader, dem sofort anzusehen war, dass er von Anfang an hierher gehörte.

Wesley leuchtete die gegenüberliegende Wand ab. „Hier sind Linien“, sagte er und deutete auf eine Stelle an der Wand. „Sieht fast wie eine steinerne Türplatte aus.“

Weick tastete mit den Fingerspitzen behutsam über die deutlich sichtbaren Striche.

In der Zwischenzeit richtete Gontor, den stark gebündelten Schein der Taschenlampe auf das Zentrum des Quaders.

Seltsame Zeichen waren hier eingebrannt.

Bevor er jedoch seine Entdeckung kundtun konnte, setzte sich die ungeheuer, wuchtige Türplatte in Bewegung.

Es geschah ganz plötzlich und überraschend für alle.

Die Türplatte neigte sich aus der Wand heraus und fiel zu Boden.

Wesley hatte gerade noch Zeit zurückzuspringen und riss Gecko mit sich. Trotzdem striff der Stein noch die Hand und schlug ihm die Taschenlampe aus der Hand.

Der Lichteinfall Gontors Lampe auf die seltsamen Zeichen im Zentrum des Quaders hatte den geheimnisvollen Verschlussmechanismus in Gang gesetzt. Die Wellen des Lichtes mussten in elektrische Energie umgewandelt worden sein und hatten die eingebaute Maschinerie in Bewegung gesetzt. Diese Tatsache bedeutete jedoch, dass der Mechanismus nur in Gang gesetzt werden konnte, durch Lebewesen mit einem gewissen technischen Niveau.

Dem Dröhnen des Sturzes folgten Stöhnen und Wimmern, das immer leiser wurde und erstarb.

Die steinerne Türplatte hatte Ulawa unter sich begraben, gleich so gründlich, dass er über alles Jammern und Wehklagen hinaus war. Eine braune Hand schaute unter der Tür hervor. Überall dunkelrotes Blut.

Alle vier mussten anfassen, um die steinerne Türplatte anheben zu können. Größere Steine wurden als Stütze untergeschoben. Nun erst gelang es Ulawa vorsichtig unter der Platte hervorzuziehen.

Jede Hilfe kam zu spät.

Ulawa war nur noch eine formlose Masse, blutverschmiert.

Es blieb ihnen nichts anderes übrig, als für ihn, hier unten ein primitives Grab anzulegen. Mit herumliegenden Steinen bedeckten sie den Körper.

Niedergedrückt, mit einem letzten Blick auf den kleinen Steinhügel, setzten sie den Weg fort. Der Gang verbreiterte sich zu einem kleinen Saal, von dem drei Gänge in verschiedene Richtungen führten. Der Boden war hier eben, und auch die Gänge blieben auf gleicher Höhe. Sie hatten wohl die Sohle der Anlage erreicht.

Eine unbekannte Lichtquelle flammte an der Decke des Saales auf und tauchte alles in strahlende Helle.

In diesem Moment sah Wesley, in dem mittleren der drei Gänge, einen eiförmigen Körper auftauchen.

„Dort drüben! Der gleiche Roboter wie im Sternenschiff auf der Venus!“

Innerhalb des eiförmigen Körpers klang plötzlich das bekannte Summen auf. Schwaches Zittern. Die kreisförmigen breiten Linsen im oberen Ende des Eikörpers begannen zu glühen.

„Wesley, du hast recht! Genau wie auf der Venus!“ rief Sörensen aufgeregt.

Lautlos setzte sich der Roboter in Bewegung und schwebte auf seinem Prallfeld in die Mitte des Saales.

Wesley, der den Roboter keine Sekunde aus dem Auge ließ, bemerkte als Erster den Spalt, der sich in der glatten Metallstirn zu öffnen begann. Noch ehe er seine Gefährten durch einen Zuruf darauf aufmerksam machen konnte, schoss ein scharf gebündelter violetter Energiestrahl aus dem dritten Auge des Roboters hervor und bildete in zwei Meter Höhe einen zwei Meter großen Feuerball.

Unwillkürlich wich Wesley zurück und stieß gegen Sörensen, der einen fast unnatürlich gelassenen Eindruck machte.

Schweigend beobachteten sie das Phänomen.

Der scharf, gebündelte Strahl verlosch, langsam schloss sich das dritte Auge des Roboters.

In der Mitte des Raumes, zwei Meter über dem Boden, schien ein riesiger Kugelblitz zu schweben. Die Feuerkugel geriet in Bewegung und raste mit ohrenbetäubendem Lärm auf die Felswand zu und verschwand in ihr. Nach wenigen Sekunden tauchte sie wieder aus der Felswand auf, in der sie auf unerklärlicher Weise entschwunden war. Langsam schwebte sie über die Köpfe der Menschen hinweg, als wenn sie diese genau studieren wollte.

Wie zu Salzsäulen erstarrt, standen die Erdlinge da.

Endlich nach ewig dauernden fünf Minuten teilte sich die Feuerkugel in zwei glühende halbmondförmige Gebilde. Die eine schwebte zur rechten und die andere zur linken Gangöffnung. Hier blieben sie bewegungslos in der Luft hängen. Aber nicht lange, sie bewegten sich wieder aufeinander zu.

Kurzes Aufblitzen.

Die Halbkugeln hatten sich wieder zur Kugel zusammengefügt, die lautlos im mittleren Gang verschwand.

„Ein Kugelblitz auf Bestellung!“ stieß Sörensen irgendwie erleichtert hervor. „Unglaublich, egal wer die Außerirdischen sind, sie beherrschen Naturkräfte, die in diesem Feuerball Atomteilchen miteinander verschmelzen lassen. Der Ball besteht sicherlich aus dem Plasma, dem leuchtenden Gemisch ionisierten Gases, das auf der Erde nur selten, auf der Sonne und anderen Sternen jedoch häufig vorkommt.“

Der Feuerball tauchte in der Öffnung des mittleren Ganges wieder auf und blieb in dieser regungslos schweben. Es sah fast so aus als wollte er mit seiner Leuchtkraft, die einer 500-Watt-Glühbirne glich, die Fremden auffordern ihm zu folgen.

Und wirklich, wie unter Zwang folgten die Menschen dem Feuerball, der in der Öffnung des mittleren Ganges verschwand.

Nach einhundert Metern erreichten die Männer einen Raum, der bis auf einen durchsichtigen Zylinder leer war. In ihm zuckte und sprühte es in allen Farben des Regenbogens.

Der sich anschließende zweite Raum war gefüllt mit langen Reihen von Maschinen. Sie hatten viel Ähnlichkeit mit den vollautomatisch funktionierenden Energieanlagen der Erde.

„Immerhin erstaunlich wie wenig sich das Technische dieser Einrichtungen, von denen der Erde unterscheidet. Wahrscheinlich bewegt sich die Entwicklung intelligenter Lebewesen im gesamten Universum auf ähnlichen Bahnen des Denkens und des Forschens“, bemerkte Sven Sörensen.

Die Feuerkugel hatte angehalten. Sie zuckte an ein und derselben Stelle hin und her. Es sah aus als wollte sie die Menschen auffordern weiter zu gehen.

„Ich schlage vor, wir gehen erst einmal weiter und sehen, wo der Gang endet. Es kann sein, dass wir gerade dort einen Hinweis über die Außerirdischen finden“, riet Wesley.

Der Gang endete in einem gigantischen unterirdischen Gewölbe, das durch seine Stalaktiten und Stalagmiten einem Tempel ähnelte. Das größte Wunder war jedoch die mannshohe Statue, eingerahmt von einem vorhangartigen Gebilde aus Tropfstein. In dieser natürlichen Umrahmung kam der in allen Farben glitzernde Umhang der Statue besonders gut zur Wirkung.

Die Statue vor ihnen schien geduldig lächelnd die Verwunderung, das Staunen, den Schrecken und die Furcht der Menschen zu ertragen.

Verwunderung und Staunen, weil die Statue wie ein Mensch gestaltet war, wenn auch die Stirn etwas höher und die Augen etwas weiter auseinander zu liegen schienen.

Schrecken und Furcht einflößend, durch die grüne Haut der Statue, die aus einem unendlich feinem Schuppenpanzer bestand, so glatt allerdings, dass sie wie menschliche Haut wirkte.

Ein Knall ließ die Menschen zusammenzucken. Sie fuhren herum und sahen die sich in eine Rauchwolke auflösende Feuerkugel.

Beißender Geruch hing im Raum.

Wie es schien, hatte der Kugelblitz wohl seine Aufgabe erfüllt, die darin bestand die Fremden bis hierher zu führen.

Wesley ging um die Statue herum und blieb vor einer größeren Schalttafel stehen.

„Hier gibt es eine Bedienungsmöglichkeit“, teile er den anderen seine Entdeckung mit. „Es ist also nicht alles vollautomatisch ... Das müsst ihr euch ansehen ...“

Sinnend stand Wesley vor der Tafel. Auf ihr befanden sich mehrere Reihen von Knöpfen, unter denen wieder die bereits bekannten Schriftzeichen, geometrische Symbole und Piktogramme eingeritzt waren.

Wesley zögerte einen Augenblick, dann drückte er entschlossen einen der Knöpfe.

Zwei eigenartige, unerträglich grellblaue Strahlen drangen aus den Augen der Statue. Im Schnittpunkt der Strahlen bildete sich ein Hologramm.

Dreidimensionale Bilder liefen vor ihren Augen ab.

In der Tiefe der Galaxis tobte eine gewaltige Schlacht zwischen Kugelraumern und Zylinderschiffen. Strahlenschüsse rasten durch den Weltraum und ließen Raumschiffe in tausend kleine Einzelteile zerspringen. Mit wechselhaftem Erfolg wog der Kampf zwischen menschenähnlichen Intelligenzen hin und her. Den Zylinderschiffen war das Glück hold, sie gewannen im Verlauf des Gefechtes die Oberhand. Immer mehr Kugelraumer wurden durch Strahlenschüsse vernichtet. Ihnen blieb zum Schluss nur noch ihr Heil in der Flucht zu suchen.

Es waren drei Kugelraumern, denen die Flucht gelang. Der Weg führte diese Raumschiffe über das Sternensystem des *Centaurus*, in das, 28.000 Lichtjahre vom Zentrum der Galaxis entfernte Sonnensystem.

Angeflogen wurde der dritte Planet von der Sonne aus.

Die Erde!

Der Blaue Planet hatte im Vergleich zum Heimatplaneten der Außerirdischen eine andere Atmosphäre. Die Fremdlinge, untersetzte und kräftige Gestalten, mit kurzen und muskulösen Gliedmaßen benötigten jahrelang Schutzmasken, bis sie sich an das für sie neue irdische Luftgemisch anpassten.

Ein großes Versteckspiel der Außerirdischen begann, in dem es ums Überleben ging.

Die auf der Erde gelandeten Fremdlinge gruben sich ein, schufen über große Distanzen unterirdische Verbindungen, bauten tief unter der Erde Stützpunkte aus, die ihnen Sicherheit boten, von denen sie aufgrund ihrer molekularbiologischen Kenntnisse auf die Evolution der Erde Einfluss nahmen.

Die Menschen waren zu dieser Zeit nichts anderes als unbedeutende Eingeborene auf einer Insel, die von einer der kriegsführenden Parteien besetzt worden war.

Da die Außerirdischen wussten, dass ihr galaktischer Feind nichts unversucht lassen würde, um sie endgültig zu vernichten und auszurotten, starteten sie ein Ablenkungsmanöver. Zur totalen Täuschung des Feindes errichteten sie auf dem fünften Planeten des Sonnensystems technische Anlagen, wie auch Sender, die verschlüsselte Meldungen ausstrahlten.

Die grellen blauen Strahlen, die aus den Augen der Statue schossen, begannen zu flackern.

Das Hologramm verblasste.

Mit vor Aufregung geröteten Gesichtern schauten sich die viere schweigend an. Sörensen wollte gerade zum Sprechen ansetzen, als die zwei grellblauen Strahlen in neuer Intensität aufleuchteten.

Das Hologramm wurde schärfer und schärfer. Neue Bilder begannen sich in Bewegung zu setzen.

Zylinderschiffe drangen in das Sonnensystem ein. Die brutale Vernichtung des fünften Planeten begann.

Wesley starrte mit grauen auf das sich entwickelnde Unheil und fühlte, wie sich seine Nackenhaare sträubten.

Aus den Buggeschützen der Zylinderschiffe schossen violette Strahlen, eilten auf den fünften Planeten zu und prallten gegen ihn.

Wesley musste die Augen schließen, denn die plötzliche Lichtentwicklung war unerträglich täuschend echt. Es war als stände vor ihm im Raum eine Sonne.

Die flammende Hölle entfesselter Naturgewalten dehnte sich mit rasender Geschwindigkeit aus. Eine gigantische Explosion zerstörte den Planeten. Die in Gas verwandelte Materie floh in das Vakuum des Raumes und bildete einen intensiv strahlenden Komplex nebelhafter Wirbel. Größere und kleinere Teile des Planeten rasten durch das Sonnensystem der Erde.

„Seht, das ist der Beweis, dass der Phaeton existiert hat. Dieser aber durch die Zylinderschiffe zerstört wurde“, hörte man Sörensen sagen. „Hunderttausende von kleinen und kleinsten Gesteinsbrocken tummeln sich seitdem im Planetoiden Gürtel des Sonnensystems.“

Die Zylinderschiffe verschwanden in der Tiefe des Alls, im Glauben ihr Ziel, alles Überleben auszulöschen, erreicht zu haben.

Das Hologramm brach endgültig zusammen, die grellen, blauen Strahlen verloschen; dafür schwenkte ein Steinquader hinter dem Rücken der Statue aus der Felswand.

Eine sorgfältige versteckte Geheimtür öffnete sich.

Durch einen kurzen schmalen Gang gelangten sie in einen Tempel voller Wunder.

Vor ihnen lag eine erstaunliche Galerie aus bizarren Stalagmiten, die auf hohen bläulich gefärbten Sockeln standen.

Wesley ging näher an die Sockel heran und sah, dass sich im Inneren des durchsichtigen Materials der Stalagmiten, der schimmernde Nebel verdichtete und verstofflichte. Aus gasförmiger Materie entstanden unter Einwirkung formender Energieströme Gebilde, die ihre Durchsichtigkeit immer mehr verloren.

„Das sind ja Menschen, mit Tierfellen bekleidet und zum Kampf gerüstet", flüsterte Wesley voller Scheu.

Der kalte Hauch des Todes lag mit einmal in der Luft.

„Dort, das ist doch ein germanischer Krieger", dabei wies Gontor in Richtung einer langgestreckten hageren Gestalt, deren Gesicht unverkennbare europäische Züge zeigte. An den Füßen trug er Ledersandalen, gekreuzte Lederriemen umwanden die Beine mit den Leinenhosen bis zum Knie, dann kam ein Lederkoller mit aufgenähten, schuppenförmigen Bronzeplatten.

„Ein germanischer König! Es sind Runen!" verbesserte Wesley Gontor, indem er auf dem Holzschild mit dem Bronzebuckel und das Bronzeschwert deutete. Und nach kurzem Nachsinnen fügte er noch hinzu: „Die Runen bedeuten ungefähr folgendes: *Sieghaft zuckt Wotans Schwert!* und *Schimmernd schirmt Wotans Schild!*"

„Die Gestalt dort, mit dem Helm aus seltsamen bläulichen Metall erinnert an einen Astronauten“, dabei wies Gecko auf eine weißhäutige Gestalt.

Unter den Figuren befanden sich Mongolen, Europäer und Asiaten. Hier glitzerten kostbare Edelsteine in allen Farben und Schattierungen, deren Größe erstaunlich war. Dort stand eine in Zobelpelze gehüllte schwarzhaarige Schönheit.

Der Weg führte sie in eine weitere Höhle. Die Wände dieser Höhle wurden durch unsichtbare Lichtquellen in deren ungewöhnliche Pracht getaucht.

Metergroße würfelförmige Kristalle bildeten auf einer Wand ein parkettartiges Muster.

Staunend stellte Wesley fest: „Etwas so Einzigartiges bringt die Natur nur einmal in Milliarden Jahren und nur an einer Stelle im Universum hervor.“

Sörensen lenkte die Aufmerksamkeit Wesleys auf die andere Wand.

Bei der geringsten Bewegung des Betrachters wurde das Auge bezaubert durch die bunten Farben, des sich tausendfach brechenden Lichtes. Ein Farbenspiel von rötlichem Funkenwirbel bis zu Smaragd färbenden Wellen wie von einem überirdischen Licht.

Die dritte Wand stellte einen Spiegel dar, der die Körper im bläulichen Licht reflektiert. Entstanden war er sicherlich vor Millionen von Jahren, als sich bei einem Beben der Boden verschob. Der hohe Druck an der Bruchstelle ließ alle Mineralbeimischungen auf der abgespaltenen Oberfläche zu einer gleichmäßigen Schicht verschmelzen und es entstand die polierte Oberfläche.

„Seht euch den Spiegel genau an“, sagte Wesley, der ihn bereits eine Weile anstarrte.

„Was ist?“, fragte Sörensen.

Auf der polierten Oberfläche des blauen Spiegels traten deutlich irgendwelche Zeichen hervor. Sie bildeten ein merkwürdiges Muster aus geschlängelten Linien, Kreisen, Striche ...

„Das sieht ganz nach einer Karte aus!“, stellte Sörensen erstaunt fest.

„Mein Gott!“, war die Stimme des herantretenden Weick zu vernehmen. Er traute seinen Augen kaum. „Das ist doch eine Karte der Planetenoberfläche, des von uns getauften *Hope*. Wir befinden uns jetzt hier.“ Er zeigte auf die Stelle an der Wand, die mit zwei Kreisen dargestellt war.

„Dort ..., das sollen Berge sein aus denen Wolken aufsteigen. Es sind bestimmt die Vulkane die wir gesehen haben“ stellte Wesley fest. „Aber was soll das dort bedeuten?“

„Das sieht wie ein Kugelraumschiff aus, das in einen Kegelberg eingeschlossen ist. Vielleicht befindet sich dort die Raumschiffbasis der Außerirdischen“, antwortete Sörensen, dabei gab er die wichtigsten Daten der Karte in sein MDA ein.

Leichtes Beben und ein undeutliches Grollen drangen aus der Tiefe des Planeten empor.

Bestürzt schauten sich die Männer an.

Immer lauter werdendes dumpfes Grollen, das wie das Feuer schwerer Geschütze klang, ließ die Wände der Höhle erzittern. Einem Knurren im Inneren des Planeten folgte ein Poltern. Sand, Kies und Erde rieselten auf Kopf und Schultern der Menschen.

Fluchtartig verließen sie die Höhle.

Hinter ihnen drückten gewaltige Naturkräfte die Höhlenwände zusammen. Mit krachendem Getöse fielen sie in Trümmer. Ein kräftiger Windstoß, nein ein Orkan fegte den Gang entlang, packte die Menschen und schleuderte sie wie ein Blasrohr mit solcher Gewalt durch die angrenzende Höhle, dass ihnen Hören und Sehen vergingen.

Wesley raffte sich auf und sah, dass er bis in die Höhle mit den ungewöhnlichen Stalagmiten geschleudert wurden war. Die Wände hier hatten den Erschütterungen noch standgehalten.

Aber für wie lange noch?

Die Stalagmiten leuchteten jetzt in einem intensiven Rot, das immer heller wurde und langsam die Farbe der Weißglut annahm. Von den Gestalten war nichts mehr zu sehen.

Drohendes Brummen erfüllte die Höhle, dass zu einem hellen singenden Ton überging.

„Zurück!“, rief eine Stimme. „Die Energieerzeuger gehen durch!“

Wesley hastete in das Halbdunkel des Rückweges hinein. Beißender, ätzender Qualm drängte hinter ihm her. Er vernahm die Schritte der anderen und ihr wütendes Fluchen.

Zurück! Nur zurück! Hämmerte es in Wesleys Kopf.

Das erneute Grollen im Inneren des Planeten und der schwankende Boden trieben die Männer zu noch größerer Eile an.

Ein erneuter Erdstoß, der bedeutend an Stärke zugenommen hatte, warf Wesley zu Boden. Mühsam richtete er sich auf und lief mit wankenden Beinen weiter. Als Erster erreichte er den Stollenmund hinter dem unterirdischen Wasserfall. Gleich nach ihm kroch Sörensen aus dem engen Loch.

Wo blieben nur Gontor und Weick?

Nach einer unendlich lang dauernden Minute krochen auch diese, zerschunden an Händen und Gesicht aus dem Schlund.

Ein heißer Schwaden fegte hinter ihnen her. Die Luft drang so heiß aus dem Tunneleingang, dass sie Weicks und Gontors Brauen versengten und ihre Kleidung in

Brand gesetzt hätten, wenn Sörensen und Wesley sie nicht zur Seite gerissen hätten.

Fluchtartig setzten sie den Weg fort, der nicht enden wollte. Eine Ewigkeit schien vergangen zu sein, als endlich vor ihnen, der helle Fleck, des Höhleneinganges auftauchte.

Das grelle Licht der Sonne *Alpha Centauri* traf sie wie ein Keulenschlag. Sie schlossen geblendet die Augen, die sich an das Halbdunkel der Höhle gewöhnt hatten.

Eine Explosion von gewaltiger Wucht ließ den Boden erneut beben. Feurige Gase schossen aus dem Höhlenschlund, wildes Gemenge von Rauch und Flammen, das jeden Baum und Strauch, den es erreichte, im Nu verdorren und verbrennen ließ.

Schritt für Schritt zogen die Männer sich weiter zurück, bis sie endlich in sicherer Entfernung stehen blieben.

Wie wird es wohl in der Höhle aussehen?

Das war die Frage, die sie alle bewegte.

Welche Energie musste in der Tiefe des Planeten entfesselt wurden sein, wenn es hier noch zu solchem gewaltsamen Ausbruch kam.

Sörensen hatte seine Schwäche bereits überwunden. Straff aufgerichtet schaute er zur Felswand hinüber, während die Worte über seine Lippen kamen: „Der Ausbruch hat aufgehört. Wollen wir nicht noch einmal hingehen?“

In der Tat, der Ausbruch hatte aufgehört.

Die Stelle, an der sie sich im Moment befanden, etwa hundertfünfzig Meter von der Felswand entfernt, bot freien Blick auf den Eingang der Höhle. Wie ein schwarzes Loch gähnte die Höhlenmündung, aus dem vor Kurzem die entfesselte Energie hervorgebrochen war. Rötlichgelb hob sich der Fels um das Loch herum ab.

Wenn auch jetzt Ruhe zu herrschen schien, so sprachen doch die verdorrten und verbrannten Bäume in der Umgebung des Höhlenmundes eine deutliche Sprache und erzählten von der Katastrophe, die sich hier noch vor wenigen Minuten abgespielt hatte.

Sörensen setzte sich in Bewegung. Nach wenigen Schritten blieb er wie gebannt stehen. Er glaubte seinen Augen nicht zu trauen.

Der Fels über dem Höhleneingang geriet ins Wanken und stürzte, eine riesige Staubwolke aufwirbelnd, in die Tiefe. Viele Tausend Tonnen Gestein, die das Dach der Höhle bildeten, waren in sie hineingestürzt und füllten sie jetzt mit endlosen Trümmermassen aus.

Dröhnend, polternd und krachend drang der Lärm des Bergsturzes zu ihnen herüber.

Zitterte der Boden schon wieder unter ihren Füßen?

Kam ein neues Erdbeben auf?

Nein! Es war nur die Erschütterung durch die herabstürzenden Felsmassen, die sie verspürten.

Auf einer Moosbank ließen sich die Menschen, im Schutz eines großen Felssteins nieder. Sie waren dem Tod mit knapper müh und Not entronnen.

Trotz allem durchströmte sie ein Gefühl der Hoffnung und Zuversicht.

Die Abenddämmerung zog langsam am Horizont empor und die ersten Sterne blinkten am Firmament.

Mit der hereinbrechenden Dunkelheit verwandelten sich die Trümmer des Höhlenschlundes in ein schauerlich schönes Bild. Aus der hell strahlenden Glut zuckten gespenstisch Flammen empor. Wie Silvesterraketen schossen hin und wieder glühende Brocken aus dem brodelnden Schlund pfeilgerade in die Höhe.

Von diesem gespenstischen Schauspiel bekamen die vier Männer nichts mehr mit. Sie waren in einen tiefen Schlaf gefallen.

Die Aufregung des Tages hatte sie wieder einmal vergessen lassen einen Wachposten einzuteilen.

Mit der aufgehenden Sonne *Alpha Centauri* wurde dem dämonischen Bild das gespenstische genommen.

Gezwitscher von gelb und schwarz gefärbten Vögeln drang aus dem nahen niedrigen Gestrüpp herüber und weckte die Schläfer.

Eine Schar von etwa zwei Dutzend Vögeln flatterte auf und ließ sich nach kurzer Zeit auf den Zweigen eines umgestürzten Baumriesen nieder.

Auf dem Baumstamm begann ein besonders großer Vogel hin- und herzuschreiten. Er breitete die Schwingen aus, um kurz emporzuspringen, dann fächelte er wieder leise mit den Flügeln. Neugierig drehte er den Kopf als wollte er die erwachende Menschengruppe beobachten. Jetzt warf er den Kopf herausfordernd nach rückwärts, schüttelte ihn wie ein eigensinniges Kind und kratzte dabei mit den Füßen auf dem Stamm, dass die morsche Rinde nach allen Seiten flog.

Von dem Schauspiel fasziniert schlich sich Wesley näher an die Vogelschar heran. Der warnende Ruf Sörensens ließ in auf der Stelle verharren.

„Wesley bleib stehen! Vorsicht! Die Tiere haben Ähnlichkeit mit den Giftvögeln auf Papua-Neuguinea, deren Federn ein Nervengift enthalten. Bei Menschen und Tieren verursacht es unkontrollierbare Muskelzuckungen und kann zur Atemlähmung führen.“

Erschrocken zog sich Wesley zurück.

Wie auf ein Signal erhoben sich die gefiederten Gesellen in die Luft und verschwanden in der Ferne.

„Was war das …? Bin ich etwa daran schuld?“ zuckte Wesley zusammen.

„Nein“, beruhigte ihn Sörensen und zeigte mit ausgestrecktem Arm in Richtung Gebirgskette.

Aus den kleinen und faserigen Wolken war eine schwere, dunkle Wolkenwand entstanden. Zwischen den Gipfeln des Gebirges blitzte es, und kurz darauf donnerte es kaum hörbar. Schon zuckte ein zweiter greller Schein, und im Nu zerrissen weitere Blitze die Wolkendecke. Der Donner dröhnte mit tausendfachem Echo über das Plateau. Blitz auf Blitz entlud sich, und das Donnerrollen floss in pausenloses Dröhnen zusammen.

Ein Blitz, der keine hundert Meter entfernt in einen spitzen Felsen einschlug und ihn in tausend Stücke zerriss, brachte ihnen auf eindringliche Weise zu Bewusstsein, rasch einen schützenden Unterschlupf zu suchen.

„Los, dort zu den überhängenden Felsen“, schrie Sörensen, so laut er es vermochte. „Wir werden hier das Unwetter abwarten.“

Eng pressten sie sich an die kühle Fläche des Steins.

Dicke Tropfen fielen klatschend auf den Felsen.

Der Regen schwoll an und der heftige Guss peitschte die riesigen Farne, drückte die behaarten Stängel mit den geäderten Knospen auf den Boden. In nassen Höhlungen hingen gleich verzauberten Schmetterlingen lilafarbene, zartviolette, rot-gelb-schwarze, rosafarbene, weiße Orchideen mit braunen Tupfen.

Von der kahlen Felswand flossen lange Rinnsale, sie stauten sich im Sandsteingeröll und schossen hinab in die wuchernde Wildnis.

Dunkle Wolken verhüllten jetzt den ganzen Himmel.

Die Sicht hatte sich auffallend verschlechtert.

Grell aufzuckende Blitze blendeten die Augen.

Ein Sturm, der längst die übliche Stärke überschritten hatte, raste über das Plateau hinweg und trieb kleine trichterförmige Windhosen vor sich her, die wie Kreisel tanzten.

Wesley kroch unter dem vorhängenden Felsvorsprung hervor um das Naturschauspiel besser beobachten zu können. Sofort packte ihn die Wucht des Sturmes, warf ihn zu Boden und er fand sich plötzlich an der Felswand wieder.

„Pass auf, du Kamel!“, schrie ihm Sörensen zu. „Keine Zeit zum Segelfliegen!“

„Nichts passiert!“, schrie Wesley zurück.

„Flach auf den Boden legen, mit dem Gesicht nach unten! Es kann nicht ewig dauern! Der Sturm …“ versuchte Sörensen das Getöse des Orkans erneut zu übertönen.

Berstender Donnerschlag!

Ganz in der Nähe schlug der Blitz in die Krone eines verdorrten Baumes ein.

Das Häuflein Mensch rückte noch enger zusammen. Eigentlich sahen sie recht erbärmlich aus, gar nicht wie die stolzen Eroberer eines fremden Planeten. Sie hatten sich flach an den Boden gepresst, um dem Sturm keine Angriffsfläche zu bieten und konnten es nicht einmal mehr wagen, die Köpfe zu heben.

Als wenn der letzte Donnerschlag ein Zeichen gewesen wäre, hörten die Blitze auf und der Sturm ließ merklich nach.

Der Himmel hellte sich zusehends auf und das Gewitter verzog sich so schnell, wie es gekommen war.

Das Donnergrollen war nur noch leise aus weiter Ferne zu vernehmen.

Über die weite Fläche des Plateaus stieg schwacher Dunst auf.

Erstes Lächeln spielte um die Lippen der Menschen und so wie sich der Himmel aufhellte, hellten sich auch die Gesichter auf.

Sörensen ließ die Männer nicht zur Besinnung kommen: „Fertigmachen, wir müssen weiter, wenn wir die Raumschiffbasis der Außerirdischen finden wollen.“

Geschwind packten sie die Ausrüstung zusammen und hofften noch vor Untergang der Sonne *Alpha Centauri* die Gebirgskette zu überqueren.

Keine halbe Stunde später zogen sie bereits, einer hinter dem anderen, wieder des Weges. Vor ihnen lag der Berg, um dessen Gipfel unbeweglich eine dichte weiße Wolke hing.

Sörensen mahnte ständig zur Eile. Er führte den Trupp eine kurze Strecke an der Felswand entlang, dann lenkte er seine Schritte in eine kleine dicht bewaldete Seitenschlucht.

Hier blieb er zögernd stehen.

„Was ist? Sind wir etwa vom Weg abgekommen?" wollte Wesley sofort wissen.

Nach einem kurzen Blick in sein MDA antwortete er: „Es ist der einzige Weg bergauf, der noch übrig bleibt."

„Na hoffentlich!?"

Urzeitlicher Wald, als hüte er ein Geheimnis, hinderte sie ständig am zügigen Vorwärtskommen. Wucherndes Gestrüpp, umgestürzte vermoderte Baumstämme versperrten die Sicht.

Bizarre Szenerien wechselten sich ab mit idyllischen Moosplätzchen und Wiesen mit seltsamen Blumen.

Für diese Spielereien der Natur hatten die Menschen kein Blick übrig. Der Anstieg nahm sie voll in Anspruch.

Als sie wieder einmal eine freie Stelle überquerten, konnte Wesley den Gipfel des Berges sehen, der steil und hoch vor ihnen in den Himmel ragte. Die weißen Rauchwolken schienen größer und dichter geworden zu sein. Doch das war sicherlich nur Einbildung, oder es kam daher, dass sie jetzt so nahe waren.

„Am Fuße des Berges muss der Pass über die Gebirgskette führen", keuchte Sörensen vor Anstrengung.

Der Weg wurde immer steiler, und Wesley begannen die Beine zu schmerzen. Der Schweiß rann in die Augen und schmeckte salzig auf der Zunge. Er rang nach Atem. Trotzdem trabte er tapfer in der Kolonne vorwärts, ohne ein Wort zu verlieren.

Gute vier Stunden ging es schon so durch die Schwüle des Waldes, über vor Hitze flimmernden freien Flächen, durch dichtes Gestrüpp und über losen Flugsand. Sie lernten den Nutzen jedes Büschels Gras, jedes Fleckchens Moos schätzen, auf das sie ihre Schuhe setzten, damit der Fuß nicht versank im mahlenden Treibsand.

Aber immer ging es bergauf.

Über den Köpfen erklang dumpfes Rollen.

„Verflucht! Ist da schon wieder ein Gewitter im Anzug!“ schimpfte Gontor.

Wesley blickte zum Himmel, aber der leuchtete wolkenlos und klar zwischen den Bäumen durch. Verwundert schüttelte er den Kopf.

„Habt ihr das eben auch gespürt?“ wandte sich Sörensen, der plötzlich stehen blieb, an die Drei.

„Was?“, wollte Wesley wissen.

„Das habe ich mir doch nicht eingebildet, dass der Boden unter meinen Füßen gezittert hat“, murmelte Sörensen vor sich hin.

„Ich habe es auch bemerkt“, gab Gontor gleichzeitig seine Feststellung kund.

„Ich auch“, kam schließlich auch noch die Bestätigung Weick.

Endlich lagen die letzten Ausläufer des Urwaldes hinter ihnen, und sie sahen vor sich ein Lava Feld, ein wildes Gewirr grauer Steine, auf dem weder Baum noch Strauch wuchs. Dazwischen lagen wie breite schwarze Zungen erkaltete Lavaströme.

Pfeifend und japsend ging der Atem nach der anstrengenden Klettertour in der dünnen Bergluft.

Sie hatten den Fuß des Vulkankegels erreicht. In einer Entfernung von nicht mehr als dreihundert Meter türmte sich der Gipfel auf.

Wieder erklang das unheimliche Grollen, und diesmal bemerkte es auch Wesley ganz deutlich. Der Boden unter seinen Füßen schwankte.

Über den Gipfel des Berges stieg eine dünne, bräunliche Rauchsäule empor, die sich zu einer ungeheuren Höhe in die Luft erhob, um sich dort zu zerteilen.

Und wieder war alles ruhig.

Die Männer folgten dem kaum sichtbaren Wildpfad. Er führte in weiten Windungen durch das Lava Feld, am Fuße des Berges entlang, in Richtung des Gebirgspasses.

So schnell es auf dem unebenen Weg ging, wollten sie an dem unheimlichen Berg vorbei. Einen halben Kilometer hatten sie bereits zurückgelegt, als der Boden von einer Explosion erbebte.

Die Bergkuppe hüllte eine Glutwolke eine.

Steine flogen prasseln durch die Luft.

„Es wird Zeit das wir den Pass überqueren“, stieß Sörensen hervor und ging zum Laufschritt über.

Die anderem folgen ihm. Zuweilen drehten sie sich um und blickten zum Gipfel. Der Ausbruch des Vulkans schien beendet zu sein. Die Glutwolke zerteilte sich bereits, und der Gipfel des Berges war nicht mehr verhüllt. Aus dem Krater stieg nur noch eine dünne Rauchsäule.

„Wir brauchen nicht mehr so zu laufen!“ stieß Wesley außer Atem hervor. „Die Gefahr scheint vorbei zu sein.“

Die Lungen der Männer arbeiteten wie ein Blasebalg.

Sie fielen in Schritttempo zurück und ihre Atemfrequenz normalisierte sich wieder langsam.

Wesley sah noch einmal zur drohenden Bergspitze hinauf, ihm kam es vor, als ob sich der Gipfel nach der Explosion verändert hatte.

Der Pass war schon zu sehen, als ein furchtbares Getöse ihre Schritte bremste.

Der Krater schleuderte eine unheildrohende Wolke heraus. Glühende Gesteinsfontänen und giftige Gase schossen in die Luft. Eine grauviolette Glutwelle raste den Berghang hinab.

Trotz der Entfernung spürten die Männer den Feueratem des Brodems. Der heftige und glühend heiße Wirbelwind zwang sie zu Boden. Mit Händen und mit ihrer Bekleidung bedeckten sie die Gesichter. So lagen sie, schweißüberströmt, etwa eine halbe Stunde, bis das Gleichgewicht der Atmosphäre wiederhergestellt war.

„Los! ... Beeilung, wir müssen einen großen Zwischenraum zwischen uns und den unheimlichen Berg bringen!“ feuerte Sörensen die Männer an. „Wer weiß, vielleicht gefällt es ihm, seine nächste Ladung auf uns zu werfen.“

Karminroter Widerschein stand über dem Gipfel. Zartrosa Wolken stiegen in Abständen wie aus einem Schornstein zum Himmel empor.

Wesley fühlte plötzlich etwas auf seine Haut niederrieseln.

Asche! Heiße Asche war es.

Zehn Minuten später erreichten sie endlich den Pass und begannen sofort den Abstieg.

In diesem Augenblick erschütterte dumpfes Grollen die Luft. Die Sonne *Alpha Centauri*, die eben noch strahlend am Himmel stand, verschwand in Sekundenschnelle, und wie ein gewaltiges Tuch senkte sich Dunkelheit herab.

Eine feurigrote Lava Wand schoss den Hang des Berges herab, Steinblöcke verschiedener Größe mit sich reißend. Aus dem über tausend Grad heißen Lavastrom schossen weiße Dunstwölkchen in die Höhe, zischten heiße Dampfstrahlen heraus. An verschiedenen Stellen züngelten bläuliche Flämmchen oder zeigten sich flammende Flecke, wie einzelne brennende Kohlen in einem verlöschenden Feuer. Aber dieses Feuer bewegte sich vorwärts.

Die Menschen rannten, als wenn der Teufel hinter ihnen her wäre.

Näher und näher kam die kochende Silikat Schmelze, die aus dem Planeteninneren quoll. Kaum 50 Meter trennte sie noch von den Flüchtenden.

Krachen und Knirschen sich wälzender Blöcke!

Zischender Dampf!

Gestank nach Schwefel und Chlor!

Unerträglich wurde die Hitze.

Wenn jetzt nicht ein Wunder geschah, ereilte sie auf dem Planeten *Hope* ihr Schicksal. Nie würde die Menschheit erfahren, wohin es die Timperwind und ihrer Besatzung verschlagen hatte.

Die Bewegung der Lavafront wurde langsamer. Zwischen dem kochenden Magma schwammen bereits dunkle Flecke, die in ihrer Größe ständig zunahmen.

Allmählich vergrößerte sich der Abstand zwischen dem Flüchtenden und dem todbringenden Lavastrom.

Wesley drehte sich im Laufen um und stellt feste, dass der hellrote Wall zum Stehen kam.

„Uff, dem sind wir entronnen“, seufzte er erleichtert.

Vom Laufschritt ermattet, setzten sich die Vier auf einen Steinblock und ließen die Köpfe hängen. Obwohl die Stelle, an der sie saßen, vom heißen Lavastrom etwa vier- bis fünfhundert Schritte entfernt war, spürten sie doch noch die Nachbarschaft des glühenden Lavafeldes. Die Hitze war unangenehm, denn auch die Sonne *Alpha Centauri*, die hoch am Himmel stand, versuchte mit ihren erbarmungslosen Strahlen den Aschestaubmantel zu durchdringen.

Die Minuten rannen dahin und keiner machte Anstalten aufzustehen. Sie überdachten das Geschehene und erkannten mit Grauen die Tatsache, dass sie dem Tode schon wieder einmal nur mit knapper Not entronnen waren. Wäre der Ausbruch früher gekommen, zu einer Zeit, wo sie unmittelbar am Fuße des Berges haltgemacht hatten, sie wären vernichtet, in stiebende Asche verwandelt worden.

Sörensen mahnte: „Wir müssen weiter, diesen Kegelberg mit der Raumschiffbasis der Außerirdischen finden."

Ihr Weg führte sie über ein weiteres Plateau. Hier und dort wuchsen grüne Grashalme, vereinzelte Farnbüsche lugten zwischen den Steinen hervor.

Immer unheimlicher wurde die Gegend je mehr sie sich wieder dem unendlichen Pflanzenmeer näherten.

Die Bodenfeuchtigkeit nahm zu.

In den Abdrücken ihrer Fußspuren sammelte sich sofort brackiges Wasser.

Üppige Vegetation, wohin sie auch schauten. Die Pflanzen trugen widerlich fette Blätter und boten sich in den phantasiereichsten Formen dar.

Ein Kakteengestrüpp, aus altersgrauen, mächtigen Pflanzen von Mannshöhe, mit abscheulichen sichel- und hakenförmigen Dornen und messerlangen spitzen Stacheln versperrte ihnen den Weg.

Als sie die grüne Hölle zerschunden und zerkratzt durchquert hatten, schlugen sie in der Nähe eines breiten, träge dahinfließenden Urwaldstromes ihr Lager auf.

Die Farbe des Flussbettes ließ das Gewässer schwarz erscheinen.

Der Flusslauf verlor sich im Röhricht, in das sich Schachtelhalme und Farnkraut zwängten. Unter dem Netz unförmiger Luftwurzeln und grauer Lianenwindungen blähte sich weißlich brauner Schaum.

Neben dem flackernden Lagerfeuer wurden die Schlafgelegenheiten vorbereitet. Schnell hatten sich die viere in ihre Kleidungstücke gewickelt und es dauerte nicht lange, als die regelmäßigen Atemzüge des Schlafes zu hören waren.

Nur Wesley konnte lange nicht einschlafen, die Aufregungen des Tages wirkten bei ihm nach. Erst gegen Morgen übermannte ihn die Müdigkeit und erwacht sogleich wieder von einem merkwürdigen Geräusch.

Die Sonne *Alpha Centauri* stieg bereits über den Horizont und begann das graue Halbdunkel zu zerstreuen.

Schlaftrunken, wie Wesley war, begriff er nicht sofort, was eigentlich vor sich ging.

Sörensen wälzte sich am Boden.

Als Wesleys Wahrnehmungsvermögen endlich begriff, dass da etwas nicht stimmte, sprang der Kadett ohne zu überlegen auf und rannte zu Sörensen hin.

Der Schreck bannte seine Schritte, als er das Geschehen mitbekam.

Mit der Rechten hatte Sörensen eine Schlange, sie sah fast wie eine Kopra aus, am Hals gepackt. Aus dem Rachen der Schlange ragten zwei spitze Zähne. Zischend und zuckend wandte sich der glatte Körper.

Mit einer blitzschnellen Bewegung riss Wesley seinen Sigma Westar-34-Blaster aus dem dafür vorgesehenen Futteral. Der blass grüne Strahl zuckte auf und schoss auf den Schlangenleib zu. Kurzes Aufglühen des Körpers, wie die Wendel einer Glühlampe, dann verwandelte sich die Schlange in Sekundenschnelle in eine verwehende Rauchwolke.

Nur ein kurzes „Danke“ konnte Sörensen herausbringen. In seinem kreidebleichen Gesicht wirkten die Lippen wie blutige Striche.

Mit einem Bescheidenem „Schon gut“ antwortete Wesley.

Ein herrlicher Morgen zog über den Wipfeln des Urwaldes herauf. Kein Lüftchen bewegte die riesigen Baumwipfel. Ringsum erwachte der Wald mit vielfältigem Stimmengewirr.

„Wie soll es weiter gehen?“ schnitt Weick wohl eine der wichtigsten Fragen an.

Nach Kurzem überlegen antwortete Sörensen: „Mit einem Floß. Morgen fahren wir mit einem Floß weiter. Trockenes Holz gibt es genug hier.“

Sofort begannen sie mit dem fällen kleiner Bäume, die wie dürre Tannen aussahen, und schleppten sie zum Flussufer. Hier banden sie diese mit Lianen zu einer Fläche zusammen. So mancher Baum wurde umsonst herangeschleppt, er war nicht zu gebrauchen. Für das Floß benötigten sie Stämme, die sich nicht sofort mit Wasser vollsogen und die nicht bei der geringsten Berührung mit Felsgestein zersplitterten.

Die Männer brauchten nicht nur bis zum nächsten Morgen, sondern sie brauchten 36 Stunden, um mit dem Bau des Floßes fertig zu werden.

Als es soweit war, das Floß ins Wasser zu lassen, zogen dichte Nebelschwaden den Fluss herauf. Aber das beunruhigte Sörensen durchaus nicht, wenn nur das Wetter weiter so hielt.

Schnell war die Ausrüstung auf das schwimmende Etwas verladen und mit langen Stangen wurde das Wasserfahrzeug vom Flussufer abgestoßen.

Langsam trieb es zur Flussmitte. Hier erfasste es die Strömung und riss es immer schneller mit sich.

„Schaut, ein Fisch!“, rief Gontor plötzlich und zeigte in Richtung des Fahrwassers.

Rasch beugte sich Wesley über den Floßrand und sah gerade noch wie unter einem großen Stein, ein schmaler, biegsamer, reichlich einen Meter langer Schatten hervorschoss, dicht an den Boden geschmiegt von dem Floß fort strebte. Im nächsten Augenblick war er schon in der dunklen Wassertiefe verschwunden.

Der Fluss machte eine scharfe Biegung.

Als das Floß um den Bogen herum schoss, sahen sie mit Entsetzen, dass sich vor ihnen ein Gewirr von Ästen und Stämmen auftürmte.

Mit zunehmender Geschwindigkeit bewegte sich das Floß darauf zu.

„Hinlegen und festhalten!“, konnte Sörensen gerade noch rufen.

Krachendes aufeinanderprallen von Holzstämmen.

Das Wasserfahrzeug bewegte sich nicht mehr.

Wesley hob vorsichtig den Kopf und sah sich um. Das Floß hing im Geäst eines riesigen Baumes fest. Die Fluten überspülten stellenweise die zusammengebundenen Stämme.

Gott sei Dank, das Floß hielt.

„Auf, wir müssen das Floß freibekommen!“ ergriff Sörensen die Initiative.

Die Männer sprangen ins Wasser. Nur gut das es hier nicht so tief war. Mit den Füßen im schlammigen Grund halt findend stemmten sie sich gegen den kräftigen Baumstamm. Dann ein Ruck, ihr Wasserfahrzeug wurde von der Strömung erfasst und trieb weiter.

An einigen Stellen des Flusses verwandelte sich die Strömung in wirbelnde Untiefen.

An anderen Stellen wurde der Fluss so schmal, dass sie fast den Felsen berührten, der an ihnen vorbeischoss.

Eine unübersichtliche Enge tauchte auf.

Wie von einer magischen Kraft angezogen, prallte das Floß gegen einen Felsvorsprung. Doch schon im nächsten Augenblick sauste es weiter, erneut von der Strömung erfasst. Das Floß schnellte zur anderen Seite des Flusses und krachte dort gegen einen riesigen Felsbrocken. Ruckartig blieb es stehen.

Das Floß war auf Grund gelaufen.

„Los, ins Wasser!“, befahl Sörensen. „Wir müssen das Floß wieder flott machen!“

Die Männer ließen sich ins Wasser gleiten, wahrlich kein angenehmes Bad, wenn es einem bis zum Bauche steht. Sie stießen, zogen und bugsierten beinahe eine Stunde an den zusammengebundenen Baumstämmen herum, bis diese wieder im tiefen Wasser schwammen.

Ruhig glitt das Floß weiter.

Drei Stunden später legten sie an einer schmalen sandigen Landzunge an. Am linken Ufer ragten zwei dunkle Felsen empor, ihre Schatten verdüsterten das Wasser und ließ es abgrundtief erscheinen.

Jenseits des Flusses leuchtete über den Felsen und über den riesigen Urwaldbäumen das Abendrot. Im Fluss spiegelte sich tiefes Blau wider, von dem sich ein purpurroter Streifen abhob.

Gontor wollte Reisig für die Nacht holen und verschwand im Gestrüpp des Waldes. Bereits nach wenigen Minuten kam er wieder angerannt.

„Kommt, ich habe etwas Seltsames entdeckt“, rief er erregt. Und verschwand wieder im Gestrüpp des Waldes.

Vor einer mannshohen Hütte blieb er stehen.

Ja, es war eine Hütte. Die aus dünnen Baumstämmen errichteten Außenwände standen noch, aber das Dach, zweifellos mit Farnwedel gedeckt, war längst eingefallen. Die Bauweise entsprach der einer irdischen Blockhütte. Es konnte also keine Eingeborenenhütte sein.

Vorsichtig drang Wesley in das Haus ein. Ein rattenartiges kleines Wesen huschte bei seinem Erscheinen in ein Loch im Fußboden.

Zwischen den verfaulten Resten der Dachträger wuchsen Farne, Gräser und ein paar bereits übermannshohe Büsche. Zahlreiche Stellen an den Wänden waren mit einer Moosschicht bedeckt.

„Es muss viele Jahre her sein, seit dieser Ort einen Bewohner gesehen hat“, bemerkte Weick.

Wesley stieß mit dem Fuß gegen etwas Hartes. Er bückte sich und schob das Gras beiseite.

Ein menschenähnlicher Schädel grinste ihn an.

Vorsichtig stocherte Wesley weiter und legt einen Körper mit merkwürdigen Verletzungen frei. An verschiedenen Stellen, vor allem im Gesicht, schien die Haut des Toten bis auf die Knochen gedrückt und dann aufgeplatzt zu sein.

Er hatte solche Verletzungen noch nie gesehen.

„Der da scheint durch Einwirkung fremdartiger Energie vom Leben zum Tode befördert worden zu sein“, bemerkte Sörensen, der sich ebenfalls bückte.

Obwohl die vier Männer erschöpft waren von den Strapazen des Tages, fand keiner von ihnen richtig Schlaf. Eng aneinander geschmiegt lagen sie am Lagerfeuer.

Nur das Schnarchen Gontors unterbrach die gespenstische Stille, die sie umgab. Sie mussten dann doch irgendwie eingeschlafen sein, denn sie erwachten erst spät am nächsten Morgen.

Das Lagerfeuer glimmte noch.

Sofort machte sich Wesley an der Glut zu schaffen und bereits nach zehn Minuten züngelten die Flammen knisternd empor.

Bevor es weiter ging, untersuchte Sörensen das Floß.

Zwei Querbalken hatten sich gelockert und die mussten erst wieder richtig befestigt werden.

Später, es war bereits gegen Mittag waren sie wieder startbereit.

Weit konnten sie heute nicht mehr kommen in den wenigen Stunden bis zur Dunkelheit. Trotzdem mahnte Sörensen zum Aufbruch.

Obwohl das Floß im ruhigen Wasser dahintrieb, kamen sie zügig voran. Dies sollte sich jedoch bald wieder ändern.

Der gratige Felsen am rechten Ufer nahm zusehends zu.

Plötzlich rief Wesley: „Da, seht doch!“

Soweit das Auge reichte, kahle dunkle Baumstümpfe. Manche ragten empor wie riesige Masten.

Ein unheimlicher, beängstigender Anblick.

„Was mag das wohl verursacht haben?“, wollte Gontor wissen.

„Bestimmt ein Schädlingsfraß mit verheerenden Folgen“, antwortete Sörensen.

Es war schon ein seltsamer Anblick. Auf der einen Seite des Flusses gab es nichts als schwarzgraues totes Holz, auf der anderen hingegen sattes Grün.

Die Strömung nahm zu.

Gurgelnd schoss das Wasser dahin.

Ein harter Schlag brachte das Floß erneut zum Wanken. Es schnellte auf einer Seite in die Höhe.

Ein neuer Schlag.

In Sekundenschnelle erfasste Wesley die Situation. Knapp unter der Wasseroberfläche waren sie auf einen Felsstein gestoßen.

Sörensen schrie so laut, wie er konnte: „Klammert euch an die Stämme!“

Doch sein Rufen wurde durch einen neuerlichen Stoß jäh verschluckt.

Von der Bugseite her hob sich das Floß, wie im Zeitlupentempo, langsam immer höher.

Wesley sah nur noch, wie Sörensen das Gleichgewicht verlor. Einen Moment lang torkelte auch er wie trunken auf dem Floß, dann rutschte er vom nassen Holz in das brodelnde Wasser. Mit einer Hand klammerte Wesley sich an den Balken fest, mit der anderen ruderte er Hilfe suchend in der Luft herum.

„Halt dich fest Welf! Nicht loslassen!“ rief Weick wie besessen. Ehe er überhaupt dazu kam hinzuspringen, war Gontor bereits an der Stelle, wo Wesley verzweifelt mit der Flut kämpfte.

Es war jedoch zu spät.

Das Floß überschlug sich und begrub Wesley unter sich.

Sofort tauchte Gontor hinterher. Als ihm bereits die Lunge zu platzen drohte, entdeckte er einen schwarzen Schatten. Es war Wesleys Körper, der in der Strömung davon zutreiben drohte. Mit letzter Anstrengung konnte er gerade noch den leblosen Leib ergreifen.

Wieder wurde das Floß von einem Schlag erschüttert und es löste sich in seine Einzelteile auf.

Fünfundzwanzig Meter von der Unglücksstelle entfernt tauchten zwei Köpfe aus dem Wasser auf. Es war Gontor, der mit festem Griff den leblosen Körper Wesleys ans Ufer bugsierte.

Gontor blieb wie gelähmt im flachen Wasser liegen, kaum noch fähig einen klaren Gedanken zu fassen.

Obwohl selber noch erschöpft, sprangen Sörensen und Weick hinzu und zogen den leblosen Körper Wesleys an Land.

Minutenlang dauerte der nun folgende Kampf um Leben und Tod. Mit schnellen Griffen öffnete Sörensen die Kleidung Wesleys und suchte mit sicherem Griff nach der Halsschlagader. Der Puls war kaum noch zu fühlen. Die Lippen, die Gesichtshaut und die Fingernägel Wesleys begannen sich bläulich zu verfärben. Jetzt war auch kein Puls an der Halsschlagader mehr ertastbar.

Sofort kniete sich Sörensen hin, überstreckte mit den Händen Wesleys Kopf und begann, in dem er mit den Lippen die Nase des Bewusstlosen umschloss, Atemluft einzublasen. In der kurzen Verschnaufpause gab er die Anweisung: „Peer knie dich neben den Brustkorb, du musst mich mit der äußeren Herzmassage unterstützen."

Der Schweiß stand beiden bereits auf der Stirn, als sie bemerkten, dass ihre Bemühungen von Erfolg gekrönt waren.

Wesleys Atmung setzte ein. Sörensen spürte nach kurzem Tasten wieder den Puls am Hals.

Die Worte Sörensens: „Welf ...! Welf ...! Hörst du mich ...!" riefen Wesley in die raue Wirklichkeit zurück. Die Augenlider begannen zu zittern, dann schlug er die Augen auf. Erstaunt sich umblickend waren seine ersten Worte: „Wo bin ich? Was ist geschehen?"

Die ersten Strahlen der Sonne *Alpha Centauri* blinkten und glitzerten in den Wellen des gurgelnd dahin schießenden Flusses, als die vier Männer in die unvergleichlich üppige Pflanzenwelt des Flussufers eindrangen.

Von dem schrecklichen Erlebnis des Vortages war Wesley nichts mehr anzumerken. Der erholsame Nachtschlaf hatte seine Wirkung nicht verfehlt. Mit weitausholenden Schritten zwängte er sich, an der Spitze der kleinen Gruppe, durch das Ufergestrüpp.

Das Flussbett gabelte sich.

Hier gab es einen unfreiwilligen Halt.

„Keine Sorge, es geht gleich weiter", sagte Sörensen und schaute in seinen MDA nach. „Ja, das ist der richtige Weg! Wir müssen dem linken Flussarm folgen."

Beide Ufer des linken Flussbettes säumten hohe Schachtelhalme und dichte Farnwände. Nur vereinzelt schlängelten sich, von kleinen Tieren ausgetretene Wildpfade durch das Dickicht.

Langsam, Schritt für Schritt, kämpften sich die Männer durch das fast undurchdringliche Gestrüpp. Wachsam glitten dabei ihre Blicke über das dichte Grün.

Riesige Libellen schwirrten in der Luft. Unförmige Käfer flogen brummend über den Schachtelhalmen. Dort summten sogar seltsame Bienen zwischen den Farnen.

An einer freien Uferstelle wurde Rast eingelegt.

Gontor und Peer konnten es nicht lassen einen kleinen Abstecher in die grüne Hölle des Urwaldes zu unternehmen.

Wesley versuchte in der Zwischenzeit einen Fisch im klaren Wasser des Flusses zu fangen. Immer wieder rutschte ihm der glitschige Bruder aus den bloßen Händen.

„Die Landschaft wird sich bald ändern. Dort in der Ferne sind flache, unbewaldete Höhen mit großen Wiesen zu sehen“, rief Sörensen von dem riesigen Baum herab, der über die anderen hinausragte.

Wesley gab seine vergeblichen Bemühungen auf den Fisch zu fangen und blickte erstaunt nach oben, er hatte in seinem Jagdfieber nicht mitbekommen, wie Sörensen auf den Baum geklettert war. „Und was ist in der Nähe zu sehen?“, rief er hinauf.

„Nach allen Seiten nur Wald. Wohin man schaut, nur ein grünes Meer. Nirgends eine Lichtung. Und da müssen wir hindurch.“

Verschwitzt und mit zerstochenen Gesichtern tauchten die Gestalten Gontors und Weicks in der grünen Blätterwand des Urwaldes auf.

Und weiter ging es.

Vor ihnen lag ein wildes Durcheinander verschlungener Stämme, zerbrochener und verwester Pflanzenreste.

Je tiefer sie der Weg aus der Bergwelt herabführte umso mehr nahm die Vegetation wieder subtropischen Charakter an.

Pflanzen, die sie bisher nur in Treibhäusern gesehen hatten, tauchten auf. Die Gewächse hatten viel Ähnlichkeit mit der irdischen Magnolie, die im weißen Schmuck ihrer großen und duftenden Blüten prangte ... Dort die Pflanzen sahen dem irdischen Lorbeer, den Gummibäumen und den Palmen ähnlich. Haselnussstrauch ähnliche Gewächse erreichten hier die Größe von Ulmen und Eichen.

Die Hitze machte den vier Männern schwer zu schaffen. Es war eine lähmende feuchte Hitze. Treibhausgeruch und schwüle Feuchtigkeit hing in der Luft. Die Kleidung klebte wie eine Kompresse am Körper und trocknete nie.

Wesley blieb stehen und starrte fassungslos auf einen großen und seltsam geformten Baum. „Unvorstellbar!“, rief er vor Aufregung. „Habt ihr in eurem Leben schon mal so einen imposanten grünen Riesen gesehen?“ Fragend sah er die Gefährten an.

Schweigen.

„Wenn wir jetzt auf der Erde wären, würde ich sagen, dass dies ein Drachenbaum ist, wie er auf Teneriffa wächst“, fuhr er fort, als er keine Antwort erhielt. Seine Augen begannen vor Eifer zu glänzen. „Also gibt es auf diesem Planeten eine Fauna, die mit der von der Erde übereinstimmt ... Ich habe es schon immer geahnt ... Nur im milden Klima der Kanaren konnten diese rund drei Millionen Jahre alten Fossilen auf der Erde überleben. Auf der Insel La Palma existieren noch ganze Haine von den Dragos, wie man sie auch nennt.“

„Das ist aber nur die halbe Wahrheit“, fügte Sörensen hinzu, der jetzt über den Eifer Wesleys schmunzeln musste. „Der Drago hat etwas Faszinierendes an sich ... Er ist kein Baum, sondern eine Lilienart aus der grauen Vorzeit.

Ähnlich unserem Schachtelhalm, der einst Deutschland mit regelrechten Wäldern überdeckte, entwickelte sich der Drago in der Vorzeit zum Riesenwuchs."

Plötzlich war das Dickicht zu Ende.

Überraschend traten sie auf eine Lichtung hinaus, die mehr als ein Kilometer lang und hundert bis zweihundert Meter breit war.

Im letzten Rot der untergehenden Sonne *Alpha Centauri* erblickten sie neun Meter hohe Skulpturen. Rings um die Steinfiguren musste vor einiger Zeit der Dschungel bis zu einer Entfernung von 50 Metern restlos abgeholzt worden sein.

Aber die unermüdliche Natur hatte sie bereits wieder mit meterhohem Buschwerk bedeckt. Der Dschungel holte sich erbarmungslos die ihm entrissenen Stücke wieder zurück.

„Das muss eine enorme Arbeit gewesen sein" nickte Wesley anerkennend. „Seht nur, die Reihe der Steinfiguren führt wie ein Wegweiser in Richtung des gegenüberliegenden Gesträuches."

„Wegweiser ...? Ja, so sieht es aus ... Wegweiser! Die Umgebung der Steinfiguren wurde sicherlich deswegen auch von Bäumen und Gestrüpp befreit, dass sie als Wegweiser noch lange zu erkennen sind", unterstrich Sörensen Wesleys Feststellung.

Einige der Standbilder waren von ihren Sockeln gestürzt. Deutlich war noch die Form menschähnlicher Büsten erkennbar.

„Wir sind auf dem richtigen Weg. Die Linie die, die Figuren bilden, stimmt mit der Richtung auf meiner Skizze überein", ließ Sörensen nach einem Blick in sein Notizbuch verlauten.

Gontor hatte einen riesigen, auf einer Seite, überhängenden Stein gefunden. Dieser Platz bot sich für die kommende Nacht als ideales Lager an. Schon flackerte das Feuer auf, an dem sich die Männer zur Ruhe legten.

Die Nacht wurde unangenehm kühl.

Mit ihren ersten Strahlen weckte die Sonne *Alpha Centauri* die Männer. Ein in der Nähe vorbeifließendes Rinnsal erlaubte den Luxus des Waschens und löschte den Durst. Dann aber verloren sie keine Minute mehr und es ging weiter.

Die Vier arbeiteten sich durch ein Dickicht harter, schneidender Gräser, stolperten über Erdhügel und stürzten in Gruben mit stinkendem, schäumendem Wasser. Immer häufiger trafen sie auf geheimnisvolle Bodenauftreibungen, in denen es bedrohlich gluckerte und rumorte.

Dampfende Erdgase entwichen pfeifend und schwängerten die Luft mit unangenehmen Gerüchen.

Das heiße, faulige Wasser in den Tümpeln wurde von goldbraunem Schlammfilm überzogen. Überall glitschige kalte Pilze, sporenbedeckte Farne, Lianen und Moose. Goldene, orangene, bläuliche und aschfarbene Moose.

„Los! Beeilung wir müssen so schnell wie möglich durch diese von giftiger Luft geschwängerte Hölle hindurch!“ trieb Sörensen die Männer an.

Sie beschleunigten ihre Schritte.

Schwer machte ihnen die lähmende feuchte Hitze zu schaffen.

Die widerlichen fetten Blätter der Pflanzen waren schweißbedeckt. Wasserperlen stießen wie Bleikügelchen zusammen, vereinigten sich und rannen von Blatt zu Blatt herunter.

Wesley setzte mechanisch einen Fuß vor den andern.

Jegliche Unterhaltung war erstorben.

In der Hoffnung, dass der Weg besser würde, hatten sie sich getäuscht. Es ging über schwankenden Boden, der jeden Augenblick unter dem Gewicht der Männer nachzugeben drohte. Endlich nach Stunden fanden sie eine feste, von allerlei Wurzelzeug durchzogene Stelle, auf der sie sich erschöpft zur Rast niederließen. Vor ihnen lag eine, im Sonnenlicht blinkende, brackige Wasserfläche. Stellen der Wasseroberfläche waren schwarz von tanzenden Mückenschwärmen.

Hunger und Durst quälten die Männer. Jagdbare Tiere gab es hier nicht, und das faulige Wasser wagten sie nicht zu trinken.

„Wir können hier auch nicht lange bleiben“, wandte sich Sörensen an die Männer. „Es scheint ein richtiger Fiebersumpf zu sein.“

Sie erhoben sich und wollten gerade den Marsch fortsetzen, als ihnen mitten in der Wasserfläche vier kahle, aus dem brackigem Wasser ragende Äste auffielen. Sie konnten sich nicht entsinnen, diese vorher an jener Stelle gesehen zu haben.

„Quatsch“, flüsterte Wesley vor sich hin und schrieb die Beobachtung seinen überanstrengten Sehnerven zu.

Als die Äste, als gehörten sie zu einem unter der Oberfläche verborgenen Baumstamm, dahin glitten glaubte auch Sörensen seinen Augen nicht mehr trauen zu können.

Irgendetwas zog dort seitwärts dahin und hinterließ eine Kiellinie wie die dreieckige Rückenflosse eines Haies.

„Was kann das nur sein?“

„Was Welf?“, fragte Gontor.

„Dort draußen, die seltsame Erscheinung.“

Die anderen erkannten jetzt auch deutlich, dass die sich bewegenden Äste paarweise beieinanderstanden und von unterschiedlicher Größe waren.

„Da, seht nur!“, rief Peer aufgeregt.

Fünf Meter von den sonderbaren Ästen entfernt, sauste etwas, gleich einer Lassoschlinge durch die Luft, schnappte zu und verschwand wieder im Wasser.

Wesley stockte der Atem und über seine bebenden Lippen kam: „Was war das?“

Er erkannte im selben Moment einen kleinen hässlichen Drachenkopf, der an einem langen dicken Hals durch die Luft geschleudert wurde.

„Ein Urweltmonster, denn was anderes kann es nicht sein. Oder seit ihr anderer Meinung?“ dabei sah Sörensen einen nach dem anderen fragend an.

Vor Aufregung zitternd schaute Wesley erneut nach den sonderbaren Ästen. Sie bewegten sich, schnellten aus dem Wasser und waren gar keine harmlosen Äste mehr, sondern gefährliche Stacheln, die auf einem etwa drei Meter langen dicken Reptilschwanz saßen, der sich jetzt peitschend aus dem Wasser hob und zweimal auf und nieder schlug. Dann verschwand alles in der schlammigen Brühe, wie ein böser Spuk.

„Nur weg von hier, sonst greift das Monstrum uns noch an!“ stieß Sörensen hastig hervor.

Fluchtartig verließen sie den Platz der Schreckensechse.

Der weitere Weg führte sie an riesigen alten Bäumen vorbei, durch dichte Farnwände über kleine Erhebungen hinweg. Hier und dort versuchten zitternde fleischfressende Pflanzen nach den vorbei hastenden Menschen zu schnappen.

Mindestens eine Stunde mussten sie unterwegs gewesen sein, die Zunge klebte ihnen bereits am Gaumen, da erreichten sie erneut einen Fluss. Am flachen Flussufer zog sich ein undurchdringliches Dickicht aus Schilf, Schachtelhalmen und Farnbüschen entlang.

Kurze Rast wurde eingelegt.

Wesley wollte die Gelegenheit für ein erfrischendes Bad nutzen. Kurz entschlossen zog er das Hemd aus und hing es auf ein schwankendes Schilfrohr. Während er im flachen Wasser herumplanschte, fächelte ein leises Lüftchen seinen Rücken.

Schnell folgten die anderen seinem Beispiel.

Ein rascheln aus dem undurchdringlichen Dickicht des Schilfes ließ Wesley herumfahren.

Aus dem Röhricht näherte sich, die langen dünnen Beine gravitätisch setzend ein großes fettes Tier mit einem langen Schwanz, an dessen Ende ein Steuersegel saß. Zarter Seidenflaum glänzte am Hals des federlosen Tieres. Aus dem Entenschnabel ragten 34 nach vorn und außen gerichtete nadelspitze Fangzähne.

Wesley hielt den Atem an und tauchte im Wasser bis zum Hals unter.

Das seltsame Tier, es musste eine Flugechse sein, bemerkte die badenden Männer nicht. Mit dem Schnabel wühlte es tief im Schlamm.

Ohne ein Auge von der Echse zu lassen, zog sich Wesley vorsichtig Richtung Ufer zurück.

So erreichte einer nach dem anderen ungeschoren das rettende Ufer außer Gontor.

Er hatte Pech.

Auf einem glitschigen Stein rutschte er aus. Wasser spritzte hoch, als er der Länge nach hinfiel.

Die Flugechse flatterte erschreckt auf, eine sich schließende, gläserne Furche auf dem Wasser hinterlassend.

Immer wieder fallend und sich in den glitschigen Fäden der Wasserpflanzen verheddernd, versuchte Gontor das Ufer zu erreichen.

Die Flugechse zog in geringer Höhe ihre Kreise, als schien sie das Treiben im Fluss zu amüsieren.

Gontor stolperte erneut und tauchte im aufgewühlten Nass unter. Als er, geblendet vom Wasser und den an den Augen klebenden Haaren, an die Oberfläche schnellte, huschte ein großer Schatten über die Männer hinweg.

Die Flugechse stürzte sich auf Gontor.

Ein Aufschrei, ein kläglicher, verzweifelter Schrei.

Hastig watete Wesley, jede Vorsicht außer Acht lassend, durch das flache Wasser, in die Richtung des verstummenden Schreies. Er stolperte über etwas und fiel hin. Als ihm zum Bewusstsein kam über was er da gestolpert war begann sein Blut in den Schläfen zu klopfen.

Er war über den Körper James Gontors gestolpert. Der lag da, das Gesicht in einem niedrigen Farnbusch vergraben. Seine ausgebreiteten Arme erinnerten an gebrochene Flügel. Auf dem Rücken sah Wesley sofort die tiefe rote Wunde. Vorsichtig drehte er Gontor um und presste sein Ohr an die Brust. Er konnte keinen Herzschlag mehr feststellen, auch der Puls war nicht mehr zu fühlen.

Gontor war tot.

Die Männer hatten nicht viel Zeit um ihren Kameraden zu trauern. Nach dem Sie Gontor in der Erde des fremden Planeten bestatteten, setzten sie schweigend ihren Weg fort. Jeder hing den eigenen Gedanken nach.

Traurige Gedanken waren es.

Es dunkelte bereits als der Trupp eine freie Fläche die nur mit Steppengras bewachsen war erreichte.

Ein idealer Platz zum Übernachten.

Lange saßen die Männer, sie waren jetzt nur noch zu dritt, am Lagerfeuer zusammen und unterhielten sich über das schreckliche Erleben des vergangenen Tages.

„Ob je von uns einer die Mutter Erde wiedersehen wird?“ unkte Peer.

„Wenn wir die Raumschiffbasis der Außerirdischen entdecken sollten, wird sich schon eine Möglichkeit zur Rückkehr finden“, machte Sörensen Mut.

Der Schlaf wollte und wollte nicht kommen.

Die Männer dachten über ihr Schicksal nach.

Schließlich verlangte die Müdigkeit doch ihren Tribut und allmählich begann einer nach dem anderen trotz der unerträglichen stickigen Luft einzuschlafen.

Plötzlich schreckte Wesley hoch. Ein schrecklicher Traum hatte ihn gequält. Er träumte von einer gigantischen Echse, die auf seiner Brust saß und sein Gesicht mit einer peitschenartigen Zunge ableckte. Kopfform und Schnabel erinnerten an einen Papagei, seitlich hinter dem Gesicht standen spitze Knochenauswüchse ab.

Wesley musste wohl dann wieder tief eingeschlafen sein. Die Sonne *Alpha Centauri* war bereits aufgegangen und blendete ihn beim Erwachen. Durch die zusammengekniffenen Augenlider blickte er zu Sörensen und Weick hinüber, die die Glut des Lagerfeuers löschten und Vorbereitung zum Weitermarsch trafen.

„Du hast dich im Schlaf laufend hin und her gewälzt. Wirres Zeug hast du auch geredet. Ein schrecklicher Traum muss dich geplagt haben“, wandte sich Sörensen besorgt an Wesley.

„Ja“, antwortete er und erzählte in kurzen Sätzen den schrecklichen Traum.

Bevor sie weiter marschierten überprüfte Sörensen noch einmal anhand der Skizze in seinem Notizbuch die Richtung des einzuschlagenden Weges.

Die Lichtreflexion der faulig grünen Landschaft, die rings um das freie Fleckchen herrschte, erfüllte die Umgebung mit einem flirrenden Schimmer.

Wesley begannen die Augen zu schmerzen.

„Wird diese grüne Wand, die uns allen Ausblick versperrt, jemals aufhören?“ wandte Peer sich an Sörensen.

„Wenn wir diese Richtung einhalten, können wir bis Mittag den Waldrand erreichen.“

Wieder mussten sie sich den Weg durch das Unterholz des Dschungels schlagen.

Die Minuten wurden zu Stunden, und der Urwald wollte und wollte kein Ende nehmen. Sie hatten schon fast die Hoffnung aufgegeben als das Dickicht allmählich in eine Busch- und Steppenvegetation überwechselte. In den Abendstunden erreichten sie eine Ebene, deren Pflanzendecke aus Flechten, Moosen und Zwergsträuchern bestand. Die niedrigen Sträucher schmückten grüne Blätter und bunte Blüten.

Vogelgezwitscher erfüllte die Luft.

Über der Ebene zog Nebeldunst auf, der sich zuweilen als feiner Sprühregen entlud. Doch ab und zu kamen die letzten wärmenden Strahlen des Tages der Sonne *Alpha Centauri* durch, deren rötliche Scheibe nur noch verschwommen sichtbar war.

„Dort, das muss unser Ziel sein!“, rief Sörensen.

Ein einzeln stehender steiler Felsen riesigen Ausmaßes erhob sich in der Ferne.

Vorwärts ging es dem Felsen entgegen, der vom Nebel mal freigegeben, dann wieder ganz verhüllt wurde.

„Nach der Form des Felsens zu urteilen stimmt dieser mit der Zeichnung in der Höhle überein“, stellte Sörensen befriedigt fest.

Sie liefen nun schon etwas über eine Viertelstunde, und der dunkle Felsen schien noch genauso fern wie zu vor.

„Dieser verwünschte Nebel macht es schwer, die Entfernung richtig einzuschätzen“, fluchte Wesley und blieb stehen, um zu verschnaufen.

„Wir haben es bis hierher geschafft, da werden wir doch auch noch das letzte Stück Weg schaffen“ entgegnete Sörensen optimistisch.

Die Sonne *Alpha Centauri* stand fast senkrecht am Himmel, als sie ein bizarres Tal erreichten. Überall wohin sie schauten blühende Kakteen und mitten drinnen der Felsenturm riesigen Ausmaßes.

Wie in einem glühenden Backofen hing die flimmernde Hitze über dem weiten Tal. Kein Lüftchen regte sich.

Hinter Sörensen, Wesley und Weick lag die grüne Hölle des Urwaldes. Neugierig schauten sie zu dem einzelnen Bergkegel hinüber, als Wesley die Frage stellte: „Wie lange werden wir bis zu diesem Felsen noch brauchen? ... Wir müssen doch dort hin? ... Oder?“

Sörensen hielt sein MDA in der Hand, dessen Aufzeichnungen er mit der vor ihnen liegenden Landschaft verglich. Nickte und sprach: „Vielleicht bis gegen Abend ... Vielleicht brauchen wir auch länger. Auf jeden Fall müssen wir zu diesem Kegelberg. Er ist unser Ziel.“

Der Weg durch die unbarmherzige Hitze trieb den Schweiß aus allen Poren. Mühsam, einen Fuß vor den anderen setzend, schleppten sie sich vorwärts.

Sie hatten gerade mal die Hälfte des Weges zurückgelegt, da stießen sie auf zahlreiche Bruchstücke eines undefinierbaren Materials. Hier und dort lugten sie kaum sichtbar zwischen den Kakteen hervor.

Wesley hob einen faustgroßen Stein auf und schlug damit kräftig gegen einen der Brocken, versuchte dann mit dem Messer die Oberfläche sauber zu kratzen.

Lächelnd beobachtete Sörensen das emsige Treiben Wesleys und sparte nicht mit guten Ratschlägen.

„Das verstehe ich nicht“, sagte Wesley nach einer Weile. „Das sieht aus wie gegossen ..., scheint kein richtiger Stein zu sein.“

Aufmerksam geworden wandte Weick sich an Sörensen: „Wir haben doch bestimmt etwas Zeit? Wenn ja, dann sollten wir uns hier einmal umsehen.“

„Also gut“, gab Sörensen nach kurzem Zögern die Genehmigung. „Aber bleibt auf Sichtweite.“

Schweigend begann die Suche, jeder in eine andere Richtung.

„Hierher! Ich habe etwas gefunden!“ erklang plötzlich erregtes Rufen.

Sörensen und Weick scharrten sich um Wesley, den Rufer, der wortlos zwischen die Trümmer zeigte.

In einer Spalte schimmerten die gebleichten Knochen eines Skeletts.

„Das sind zweifellos die gleiche Art Knochen wie in der zerfallenen Hütte und wie im Sternenschiff auf der Venus“, stellte Wesley fest.

Windböen wirbelten plötzlich kleine Sandfontänen auf, die sich nur langsam wieder zu Boden senkten. Der leichte Luftzug brachte aber keine Abkühlung.

Gegen Abend erreichten sie, wie Sven Sörensen es vorausgesagt hatte, den Fuß des riesigen Felsenturmes. Jetzt erst in der Nähe waren die Ausmaße so richtig zu erkennen.

Was für ein Gigant, steil die Wände und am Fuße sanft abfallende Sandhänge.

Erneut überprüfte Sörensen, die Aufzeichnungen in seinem MDA. Er nickte zufrieden und wandte sich an die beiden Männer: „Wir sind richtig. Hier muss es sein ..., irgendwo in diesem Felsenturm. Wir müssen nur einen Weg hineinfinden.“

Unvermittelt brach die Dunkelheit herein und es blieb ihnen nichts weiter übrig als das Nachtlager aufzuschlagen. Bald flackerten die Flammen des Lagerfeuers in die Höhe, zuckten hin und her. Von der Hitze des Tages ermattet, hocken die Männer schweigend und müde im Schein des Feuers.

Leises Knistern.

Der Feuerschein warf gespenstische Schatten in den Sand.

Es dauerte nicht lange und einer nach dem anderen sank auf den Boden und versuchte zu schlafen. Wesley konnte wie immer nicht sofort schlafen. Morgen würde sich vieles entscheiden, und wenn sich ihre phantastische Idee als Fehlschlag erwies, dann mussten sie für immer auf diesem Planeten bleiben.

Die Sonne *Alpha Centauri* war kaum aufgegangen, da saßen die Männer schon am Feuer zu einer kurzen Lagebesprechung. Nebenbei wurde gefrühstückt.

Dann aber verloren sie keine Minute mehr und brachen auf.

Der Weg führte sie den sandigen Hang hinauf, direkt auf die steile Wand des Felsenturms zu.

Immer steil bergauf ging es.

Heiß flimmerte bereits wieder die Luft. Keiner der drei Männer verspürte daher Lust zu sprechen, die Zunge klebte ihnen am Gaumen.

Plötzlich ging es nicht mehr weiter. Die zerklüftete Felswand ragte steil vor ihnen, wie ein unüberwindliches Hindernis, empor.

Tief unter ihnen lag das bizarre Tal. Die urzeitlichen Pflanzen wirkten von hier wie Bausteine in einer Spielzeuglandschaft. Breite Vegetationsstreifen muten wie Kanäle mit zerfetzten Rändern an.

Sörensen übernahm die Führung. Er war davon überzeugt, dass sie auf dem richtigen Weg waren. Wenn die Angaben im MDA stimmten, mussten sie bald am Ziel sein.

Wieder und wieder schaute er im MDA nach um sich zu überzeugen, dass sie auf dem richtigen Weg waren.

Er war ratlos.

„Hier muss es doch irgendwo weiter gehen“, fluchte er unbeherrscht vor sich hin und suchte weiter. Es dauerte noch eine halbe Stunde, ehe er den weiteren Weg fand. Er führte direkt am Fuße der steil emporragenden Wand entlang.

Nach wenigen Hundert Metern blieb Sörensen erneut stehen. Er deutete auf die Felswand vor ihnen. „Seht dort! Eine Art Wegweiser ..., in den Stein gemeißelt! ... Wir sind richtig!“

Auf die Drei glotzte mit runden Froschaugen ein Monster in Menschengestalt, die Hände vor dem fetten Bauch.

„Ja wir scheinen richtig zu sein“, äußerte Weick optimistisch.

Sie schritten an der Steinfigur vorbei, dabei entpuppt sich der Kopf als stark stilisierter Totenschädel mit großen leeren Augenhöhlen, einem platten Nasenstumpf und breiten Zahnreihen.

Wesley blieb kurz stehen und betrachtete die Figur von allen Seiten, bis er schließlich bemerkte: „Auf der Erde stellen diese Figuren bei den Einwohnern von Taipivai einen verstorbenen Häuptling oder Kriegshelden dar.“

Gegen Mittag versperrten herabgestürzte Felsbrocken, die eine regelrechte Blockade bildeten, den Weg. Fast eine Stunde verging, bis sie über das Hindernis hinweg geklettert waren.

Vor ihnen lag ein schmaler Pfad, der sich durch ein Steingewirr am Fuße der Felswand hinzog.

„Wir müssen nur noch dem Pfad folgen, dann sind wir sicherlich bald am Ziel“, äußerte sich Sörensen zuversichtlich.

Fast hatten sie den Felsenberg umrundet, als erneut ein Hindernis den Weg versperrte.

Diesmal war es eine glattgeschliffene Felsplatte. Schräg zog sie sich hin.

Um jeden Zentimeter kämpfend, krochen die Männer auf allen Vieren vorwärts. Richtete sich einer auf und versuchte einen vorsichtigen Schritt, rutschte er auf der glatten Platte zurück. Umsonst waren dann die bisherigen Anstrengungen gewesen.

Nach einer halben Stunde, die all ihre Kraft forderte, war auch dieses Hindernis genommen.

Vor einer flachen Felseinbuchtung, die so aussah als könne sie einen Höhleneingang verbergen, blieben sie stehen. So sehr sie auch ihre Augen anstrengten, nirgends war ein Eingang zu entdecken.

Die Steinhalde, direkt am Fuße der zerklüfteten Felswand, erregte Wesleys Aufmerksamkeit. Die Gesteine waren sicherlich vom Berg herabgestürzt.

„Verdammt! ... Irgendwo muss doch hier der Eingang sein. Die Angaben des MDA stimmen doch“, fluchte Sörensen.

„Suchen wir doch dort bei der Steinhalde. Vielleicht wurde der Eingang verschüttet“, bemerkte Wesley.

„Vorwärts! Räumen wir die Steine beiseite“, feuerte Sörensen die Männer an.

Es war gar nicht so einfach die Felsen beiseite zu räumen. Die großen Brocken hatten sich verkeilt, kleinere Gesteine klemmten zwischen den Fugen und der feine Sand hatte die Rillen gefüllt.

„Verdammt, ein hartes Stück Arbeit“, fluchte Weick.

Es war jedoch nicht so schlimm, wie es im ersten Augenblick ausgesehen hatte. Wind und Regen hatten die obere Schicht der Halde verwittert. So war es ein leichtes die nicht allzu großen Steine beiseitezuschaffen.

Sörensen ging dennoch alles viel zu langsam und er drängelte: „Könnt ihr nicht schneller machen?“

Beim Hereinbrechen der Dunkelheit wollten sie gerade die Arbeit einstellen, als Wesley aufgeregt rief: „Hier ist was?“

„Was?“, wollte Sörensen wissen.

„Der Eingang!“

Schnell wurde die kleine Öffnung erweitert. Aus dem finsteren Gang wehte ihnen ein kühler Hauch entgegen, wie aus einer Tropfsteinhöhle. Hinter der ausgefransten Öffnung führte der Gang schräg hinab in die Dunkelheit.

Keine Tür verwehrte ihnen den Eintritt.

Ausgewaschene Steinstufen führten in die Tiefe.

Nach all den überwundenen Schwierigkeiten kam ihnen dies alles zu einfach, zu simpel vor.

„Es wird doch keine Falle sein?“ unkte Wesley.

„Das glaube ich nicht“, antwortete Sörensen.

Drei Menschen standen unsicher und zögernd vor dem Abstieg.

Da sie recht müde und erschöpft waren, beschlossen sie alles Weitere auf den nächsten Tag zu verschieben.

Sie verbrachten die Nacht im freigelegten Eingang.

Beim Anblick des Höhleneinganges, im hellen Licht des Tages, fühlten sich die Drei, am nächsten Morgen, frisch- und unternehmungslustig wie selten.

Sörensen verschwand als erster in dem stockdunklen, engen Loch. Er ließ die Taschenlampe aufflammen. Der weiße Lichtkegel riss die ausgetretenen Treppenstufen aus der Dunkelheit.

Am Ende der Stufen begann ein Korridor, der sich zu einem Felsendom erweiterte. Sickerwasser hatte hier eine Märchenwelt aus Stein entstehen lassen.

Wesley blickte zur bizarren Höhlendecke empor. Er konnte sich an dem prächtigen Farbenspiel, den der Lichtschein der Lampen auf dem Gestein hervorrief nicht losreißen.

Es glitzerte überall wie flüssiges Silber.

Auf der Höhe einer überwältigenden Steinkathedrale blieben die Männer wie angewurzelt stehen. Vor ihnen schwebte dicht über dem Höhlenboden eine weiße leuchtende Kugel mit unbestimmten Umrissen.

Ein leuchtender Fleck bildete sich, der größer und größer wurde, bis sich schließlich eine Grille herauskristallisierte. Sie erreichte fast die Maße eines Zwergkaninchens und hätte sicherlich mühelos eine Mohrrübe verputzen können.

Die Männer verspürten einen kalten Hauch oder war dies schon die eisige Kälte?

Die Grille sackte zusammen und verschwand im Boden.

Drei bis vier Minuten später, die Männer hatten das Gesehene noch nicht verdaut, leuchtete die weiße Kugel wieder auf.

Es bildet sich diesmal ein riesiger, schrecklich anzusehender Skorpion heraus. Langsam bewegte sich der Skorpion auf seinen mächtigen, behaarten Pfoten, mit seinen Scheren in der Luft knipsend, auf die Männer zu.

Wesley kämpfte mit der eisigen, steif machenden Kälte. Schließlich gelang es ihm, den Sigma Westra-34-Blaster zu ziehen und sie auf den Skorpion zu richten. Bevor er jedoch zum Schuss kam, sank der Skorpion zusammen und verschwand wie eine Fata Morgana.

„Seltsam, seltsam“, meinte Wesley. „Was kann das nur gewesen sein?“

„Vielleicht sollten diese Trugbilder ungebetene Gäste ferngehalten“, vermutete Sörensen.

Sie erreichten einen niedrigen Gang, der aus dem Felsendom in einem stumpfen Winkel nach oben führte. Nach 38 Metern endete er bereits in einer geräumigen, 8 m hohen und 47 m langen, steil ansteigenden Galerie. Die Wände waren hier poliert, sodass sie absolut dicht sein mussten.

Das Licht der Taschenlampen warfen die Wände reflektierend zurück.

Geblendet schlossen die Männer ihre Augen. Durch die leicht geöffneten Augenlider suchten sie vergeblich nach der Fortsetzung des Höhlenganges.

Es schien jetzt wirklich Endstation zu sein.

„Es muss doch irgendwo weiter gehen“, schimpfte Sörensen. „Die Außerirdischen können doch hier nichts Sinnloses geschaffen haben.“

Wesley begann am Ende der Galerie die polierte Wand zu untersuchen und entdeckte Schriftzeichen. „Kommt her!“, rief er laut. „Hier sind schon wieder terranische Lettern.“

„Schriftzeichen der Erde?“

„Peer, es sind die gleichen Zeichen wie auf den Obelisken im Urwald. Ja ..., das ist Altphönikisch.“

„Kannst du lesen, was da steht?“, wollte Sörensen sogleich wissen.

„Ich werde es versuchen.“

Es verging eine viertel Stunde ...

Es verging eine halbe Stunde ...

Wesley war immer noch mit dem Taschencomputer beschäftigt. Endlich nach einer dreiviertel Stunde schaute er auf.

Erwartungsvoll blicken ihn Sörensen und Weick an.

„Es könnte heißen ..., ich weiß aber nicht genau, ob es stimmt ..., öffnet die Schleuse und ihr seit am Ziel eurer Wünsche.“

„Es muss also eine Möglichkeit geben die Wand zu öffnen, wie auch immer“, stellte Sörensen befriedigt fest.

Nur halfen all die guten Sprüche nichts. Ratlos standen die drei vor der steinernen Barriere. Ihre Augen tasteten jeden Punkt der glatten Fläche ab.

Mit den Fingerspitzen fühlte Wesley an der Wand nach Vertiefungen, Rillen oder gar Fugen.

Ein schnarrendes Geräusch ertönte.

Wesley musste wohl mit den Fingerspitzen einen verborgenen Kontakt berührt haben, der den Öffnungsmechanismus in Gang setzte.

In der glatten, fugenlosen Felswand sank ein Felsblock so groß wie eine Tür nach unten. Gleichzeitig flammte vor ihnen Licht auf.

Wie festgenagelt standen die Männer da, sie wagten kaum zu atmen.

Fragend sahen sich Sörensen und Wesley an, ehe sie fast gleichzeitig durch die Öffnung hindurch wollten.

Geduckt liefen sie weiter.

Die Sohle des Ganges stieg leicht schräg empor und endete ohne sich zu verbreitern an, in das Gestein gehauene Stufen, die auf einer weiten Terrasse endeten.

Plötzlich lag vor ihnen ein runder Felsenkessel, den offenbar einst ein Meteor in den Kegelfelsen geschlagen hatte. Kerzengerade stiegen die Felswände ringsum fast tausend Meter hoch empor.

Sie trauten ihren Augen nicht, als sie im Kessel eine gigantische Metallkugel erblickten.

Da lag es, ein gewaltiges Gebilde, das der Felsenkessel kaum aufzunehmen vermochte.

Der vergessene Stützpunkt der Außerirdischen.

Bläulich schimmerte das Metall der Riesenkugel, deren Durchmesser ungefähr 400 Meter betrug.

„Das Sternenschiff *Scout*“, fast andächtig kamen die Worte über Wesleys Lippen.

„Ja, es muss die *Scout* sein“, stieß freudig erregt Sörensen hervor.

Vielleicht hundert, hundertfünfzig Meter unter ihnen lag das gewaltige Kugelraumschiff. Es ruht auf vier Landebeinen mit breitausladenden Auflageflächen. Fünfzig Meter hochragten sie empor. Ein dicker, etwa hundert Meter hervorstehender Wulst umgab die bläuliche Außenwand der Kugel in der Äquatorlinie.

Die aus bläulichem Metall bestehende Rampe des Raumschiffes war ausgefahren. Sie blitzte, in den von hoch oben, wie in ein Kanonenrohr einfallenden Sonnenstrahlen des *Alpha Centauri*.

Wesley fiel es schwer, die Gefühle und Empfindungen zu beschreiben, die ihn in diesen Augenblick erfüllten. Sie hatten ihr Ziel erreicht, und nur noch wenige Meter trennen sie davon.

Ja nur noch wenige Meter.

Rechts führten Stufen in die Tiefe.

Sörensen stieg eilig als Erster hinab.

Offensichtlich waren die breiten Stufen aus dem Felsen heraus geschmolzen wurden.

Es dauerte doch noch einige Zeit, ehe sie am Fuße der Rampe ankamen, allen voran Wesley der Sörensen auf der Treppe überholt hatte.

„Sei vorsichtig, Welf!“, rief Sörensen nach. „Warte, ich komme mit.“

Wesley konnte seine Ungeduld nicht mehr zügeln und betrat, ohne auf die Worte Sörensens zu achten, die Rampe. Oben anlangt ging es nicht weiter. „Hören denn diese Hindernisse überhaupt nicht auf“, schimpfte er lautstark.

Ein Schott verschloss die Einstiegsöffnung des Sternenschiffes.

Wesley tastete das kühle Metall ab, suchte mit den Fingern nach dem Öffnungsmechanismus.

Aber vergebens.

Sörensen stolperte, als er oben auf der Rampe ankam. Mit den Händen versuchte er den Sturz abzufangen und stützte sich gegen die Metallwand des Raumschiffes.

Welch Wunder, die Wand gab nach.

Eine immer größer werdende Öffnung entstand und Sörensen fiel in den dahinter liegenden Korridor.

Der Schott war zwar geschlossen, aber nicht verschlossen gewesen.

Licht flammte auf und vor ihm lag ein schmaler, hellerleuchteter Gang.

In regelmäßigen Abständen kreuzten Korridore den Weg der drei Männer.

Reihen von Schotts unterbrachen des Öfteren die glatten Wände, die nur undeutlich ihre Umrisse erkennen ließen.

Bei einem Blick in einen Seitengang entdeckten sie, rechts und links Nischen. Seltsame Figuren standen in diesen. Beim näheren Betrachten entpuppten sie sich als, in allen Farben glitzernde Umhänge. An Magnethaltern hingen die dazugehörigen Armbänder aus bläulichem Metall.

„Seht nur, die gleichen Umhänge und das gleiche Armband, wie es der Tote im Sternenschiff auf der Venus getragen hat“, machte Wesley die anderen darauf aufmerksam.

„Vielleicht sind es Schutzumhänge“, stellte Sörensen die Vermutung auf. „Wir werden sicherlich deren Funktion noch herausfinden.“

„Und dort, was sollen das denn für Gürtel sein?“

An einer Reihe von Magnetaufhängungen hingen handbreite große Gürtel aus einem eigenartigen schwarzen Metallblech mit irisierender Oberfläche. Die Funktion der Gürtelschnalle schien einem länglichen Kästchen mit abgerundeten Kanten zu obliegen. Seine Vorderseite wies ein Tastenfeld, Leuchtdioden und einen auffällig gefärbten Kippschalter auf.

„Hat Ähnlichkeit mit dem Gürtel von der Steinfigur in der Höhle“ bemerkte Wesley. „Kommt lasst uns weiter gehen.“

Der Gang führte jetzt kaum merklich nach oben. Die Beleuchtung der Wände und Decke funktionierte auch hier.

Schon wieder endete der Gang vor einer Wand.

Ohne zu zögern, näherte sich Sörensen der Wand. „Es muss doch auch hier weitergehen“, sprach er siegessicher. „Vielleicht befindet sich hinter der Tür die Zentrale des Raumschiffes.“

„Die Zentrale“, knurrte Weick unsicher. „Verlassen würde ich mich aber nicht darauf.“

Sörensen war noch einen Meter von der Wand entfernt, da glitt sie lautlos nach oben.

Eine Flut von Licht mit vielen stumpfen Reflexen flammte auf.

Zögernden Schrittes betraten sie den kreisrunden Raum.

Einen Raum ...!?

Nein, es war ein Saal mit annähernd fünfzig Meter Durchmesser.

Die Kommandozentrale war eine gigantische Befehlszentrale, die im indirekten Licht erstrahlte.

An der Stirnseite des Saales zeigte ein gigantischer Bildschirm seine unbeleuchtete Fläche. In der Mitte, dort wo die nach oben gewölbte Decke am höchsten war, ruhten mächtige Geräte auf bläulich schimmernden Metallsockeln. Geräte, die nichts anderes als vollautomatisch funktionierende Energieanlagen sein konnten.

Dutzende von Instrumentenkonsolen, Schaltpulte und seltsame Geräte vervollständigten die Anlagen.

Wesley stand da, sah sich um, mit großen Augen wie ein Kind, bis sein Blick auf das fiel, was nur der Sitz des Kommandanten sein konnte.

Drei breite, gepolsterte Drehsessel waren sichelförmig vor dem breiten Bildschirm angeordnet. Auf dem vierten Schalensessel, der etwas erhöht stand, ruhte Wesleys Blick. In der Armlehne schienen Bedienungselemente eingelassen zu sein.

„Eine integrierte Steuerung“, hauchte Wesley ehrfürchtig. „Damit ist ein einziger Mann in der Lage das

Kugelraumschiff zu fliegen, könnt ihr euch das vorstellen? Steuerung, Navigation, Raumüberwachung, Maschinenführung, Kommunikation - alles in einem Pult.“

Wesley ließ sich auf den Sitz gleiten und legte behutsam die Hand um den eigenartig aussehenden Steuergriff, der zahlreiche Bedienungselemente aufwies, die durch die Fingerspitzen leicht erreichbar waren. Er bewegte ihn behutsam, fuhr sacht mit den Fingern über die Instrumente des ihm umgebenden halbelliptischen Pultes.

„Wenn ich nur wüsste wie man das bedient, wir wären sicherlich aller Sorgen ledig“, äußerte sich Wesley entmutigt.

Ohne weiter auf die toten Anzeigegeräte und Displays zu achten, verkündete Sörensen jedoch zufrieden: „Endlich haben wir es geschafft. Nun brauchen wir nur noch herauszufinden, wie sich das Sternenschiff fliegen lässt, und zurück geht es zur Mutter Erde.“

„Nur nicht so optimistisch, erst müssen wir diesen Stahlkoloss beherrschen. Und das wird sicherlich kein Spaziergang werden“, dämpfte Wesley die Euphorie des Kommandanten.

Wochenlang durchstreiften sie nun schon die Gänge des Sternenschiffs. Fanden zahlreiche Laderäume, schlichen durch die zweckmäßig eingerichteten Wohnräume, entdeckten ein Laboratorium für die Durchführung aller Arten von Experimenten, nur wie sich das Schiff fliegen ließ, fanden sie nicht heraus.

Immer neue Gänge entdeckten sie.

Entdeckten unbekannte Geräte und die seltsamsten Gegenstände.

Der gesamte Körper des *Scout* schien aus dem bläulichen Metall zu bestehen, das strahlungsfest und eine hohe Widerstandskraft besitzen musste.

Von der kugelförmigen Zentrale führten strahlenförmig Gänge in die entlegensten Winkel und Ecken des Schiffes. Sie verbanden die Räume untereinander, in denen sich unbekannte Geräte und Aggregate befanden. Alle Gänge endeten schließlich im Wulstring.

Im Wulstring?

Hier waren sechsunddreißig große, ovale Gegenstände mit gleichmäßigen Zwischenräumen rings um das Schiff untergebracht. Sie wirkten wie riesige Eier, die mit einer bläulich, metallisch schimmernden Schicht überzogen waren. An den *Eiern* befanden sich Markierungen, fremde Schriftzeichen und kleine Geräte, mit denen sie nichts anzufangen wussten.

Alles war hier so rätselhaft und geheimnisvoll.

Länger als drei Stunden schlich Wesley bereits am heutigen Tag durch den Wulstring. Nichts Neues hatte er bisher gefunden.

Die seltsamen *Eier* waren so stumm wie zuvor.

Deutlich hallten seine Schritte durch die unheimliche Stille, eines entlegenen Ganges. Blieb er stehen, verstummte auch der Laut der Schritte. Ein beklemmendes Gefühl beschlich dann Wesley jedes Mal und das Herz schlug bis zum Hals.

Er beschloss den Rückweg anzutreten.

Vor den zwei Gängen, die zur Zentrale des Sternenschiffes führten, blieb er stehen.

Es ist doch gleich welchen ich nehme, überlegte Wesley. Er entschied sich diesmal für den rechten. Mit festem Schritt betrat er den Gang.

Wie durch Zauberei leuchtete das Licht, die indirekte Beleuchtung, auf.

Am ersten Quergang blieb er erstaunt stehen. Der Gang war nicht gekrümmt und trotzdem konnte er das Ende nicht sehen.

Die indirekte Beleuchtung strahlte im gelblichen Ton nur in dem Gangteil, in dem er sich gerade befand.

Neugierig bog Wesley in einen Quergang ein und bewegte sich zügig auf das vor ihm befindliche Dunkel zu, ohne es jedoch zu erreichen. Das gelbliche Licht eilte ihm voraus, um gleichzeitig hinter ihm zu verlöschen.

Der Gang endete abrupt. Seltsam war jedoch, dass hier ein kreisrundes Geländer ein gewöhnliches Stück Boden zu umsäumen schien.

Ein toter Gang?

Ja!

Nein!

Oder was?

Beim näheren Betrachten des Geländers entdeckte Wesley einen Schalter. Nach kurzem Zögern betätigte er diesen.

Ein Stück Boden öffnete sich wie eine Irisblende und gab einen Schacht frei, der in die Tiefe führte.

Vorsichtig schob Wesley den Oberkörper über den Rand des Schachtes und schaute in die Tiefe.

Siehe da, ein Meter unter ihm begann eine schmale Treppe, die in leichten Windungen hinabführte und auf einem Absatz endete.

„Soll ich oder soll ich nicht? Ja, ich soll“, sprach Wesley sich selber Mut zu.

Mit den Beinen voran rutschte er über den Rand. Seine Füße fanden sofort halt auf der obersten Stufe und er begann die Treppe hinunter zu steigen. Beim Erreichen eines Absatzes musste er dann jedoch feststellen, dass es nicht mehr weiter ging. Die Treppe brach hier ab, obwohl der Schacht weiter führte und sich im unheimlichen Dunkeln der Tiefe verlor.

Schaudernd lehnte sich Wesley an die Wand des Schachtes. Er hatte sie jedoch kaum berührt, als diese nachgab und sich eine vorher unsichtbare Luke nach innen öffnete.

Die Luke besaß eine unwahrscheinliche Dicke, die jedem Druck widerstehen würde.

Ohne zu zögern, kroch Wesley durch die entstandene Öffnung.

Als das angenehme, gelbliche Licht aufflackerte, spiegelte sich Erstaunen auf seinen Gesichtszügen wieder. Der Gang vor ihm war vollgestopft mit einer Vielzahl von Geräten, aus denen Rädchen und blitzende mechanische Teile herausragten. An den drei größten Geräten befanden sich flache durchsichtige Scheiben.

Am Ende des Ganges klaffte eine Doppeltür auseinander und gab den Blick auf einen kleinen kuppelartigen Raum frei. Im Blickfeld war ein Konturensessel zu sehen, über dem eine seltsame Haube hing.

Kaum hat Wesley den kleinen Kuppelraum betreten, schloss sich die Doppeltür mit saugendem Geräusch.

Erschrocken fuhr er herum, aber es war bereits zu spät.

Die Tür war eingerastet und trotz fieberhaften Suchens fand er keinen Kontakt zum Öffnen.

Schließlich begann er, zwar erst noch recht zaghaft, dann immer stärker mit den Fäusten gegen die Stelle zu schlagen, wo die Tür gewesen war.

Sicherlich ein sinnloses Unterfangen, denn wer sollte ihn schon hören.

Wesley fand sich jedoch mit der hoffnungslosen Lage nicht ab. Er begann mit der Untersuchung des Raumes. Stöberte in allen Ecken rum, suchte nach einem Ausweg und blieb schließlich sinnend vor einer Schalttafel stehen. Sie wies mehrere Reihen von Knöpfen auf, unter denen wieder die bereits bekannten unverständlichen Symbole standen. Eine Vielzahl von Lämpchen und Displays vervollständigten das Bild.

Neugierig betrachtete er die Haube über dem Konturensessel. Kopfschüttelnd flüsterte er vor sich hin: „Wenn ich nicht genau wüsste, dass ich mich in einem Sternenschiff befinde, dann würde ich sagen ich befinde mich bei einem Friseur auf der Erde.“

Das Gebilde über dem Stuhl hatte tatsächlich eine verblüffende Ähnlichkeit mit einer Trockenhaube, nur das zahlreiche Kabel zu einen seltsamen Kasten führten.

Die Untersuchung des Konturensessels förderte ebenfalls keine neuen Erkenntnisse zutage. In den Armlehnen fand er ähnliche Bedienungselemente, wie im Sessel auf dem Podest in der Zentrale.

Enttäuscht ließ sich Wesley in den Konturensessel fallen.

Länger als eine halbe Stunde saß er reglos da.

Überlegte hin und her. Überlegte ob er einen Schalter oder Hebel berühren sollte. Seine Überlegungen gipfelten schließlich in der Frage: Was würde geschehen, wenn er der Versuchung nach gab und einen Schalter oder Hebel betätigte?

Egal! Was konnte schon geschehen? Er war hier eingesperrt, und wenn ihn keiner fand, dann würde er jämmerlich verhungern. Kurz entschlossen drückte Wesley auf den schwarz glänzenden Knopf in der rechten Armlehne.

Nichts geschah, außer dass einige Signallampen auf der Schalttafel aufleuchteten, auf den Displays sich Graubilder zeigten und die Beleuchtung in der Kuppel zum milden Dämmerlicht herabsank.

Kalter Schauer rann Wesley über den Rücken, er bekam eine Gänsehaut.

Trotz allem überwand er seine Hemmungen und drückte auf den grünen Knopf in der linken Armlehne, der zu blinken angefangen hatte.

Das summende Geräusch von Automaten ertönte. Auf den Displays zuckten farbige Muster auf und helle Symbole huschten über die Schalttafel.

Leben kam in den kuppelartigen Raum.

Gleichzeitig mit dem Aufleuchten der Armaturen und dem Entstehen der verworrenen Diagramme auf den Displays wurde Wesley durch eine unsichtbare Kraft, mit einem sanften Ruck, in den Sessel gepresst.

Als er bemerkte, dass sich die Haube langsam über seinen Kopf stülpte, war es bereits zu spät.

Wesley wollte sich loszureißen, er konnte jedoch kein Glied seines Körpers mehr bewegen. Selbst als er schreien wollte, bekam er keinen Ton über die Lippen.

Auf den Displays zuckten hellrote Zacken, wie bei einer Fieberkurve, über den Schirm.

Grelle Blitze zerrissen Wesleys Gehirn.

Eine bläuliche Aura bildete sich um seinen Kopf.

Stechende Schmerzen an den Schläfen und am Hinterkopf ließen die Sinne schwinden. Schwarz wurde es ihm vor den Augen.

Fast zwei Stunden knisterte und zischte es in der Haube. Elektrische Entladungen sprangen über und richteten in Wesleys Gehirn ein Wirrwarr der Gefühle an.

Endlich verlosch die bläulich schimmernde Aura, die Haube fuhr nach oben und gab den Kopf frei. Der Andruck auf den Körper verschwand und wie zum Hohn öffnete sich jetzt die Doppeltür.

Wesleys Augenlider begannen zu flattern und öffneten sich langsam.

Mildes Dämmerlicht herrschte im Raum.

Die Lämpchen und Displays auf der Schalttafel waren erloschen.

Eine unheimliche Stille lag über den Raum.

Erstaunt schaute sich Wesley um. Nichts schien sich verändert zu haben, alles war beim Alten.

Oder?

Als der Blick auf die Schalttafel fiel, stutzt er. Was war das? Das konnte doch nicht sein? Doch es war so! Er konnte auf einmal die bisher unverständlichen Symbole lesen. Das gab es doch nicht. Worte wie ACHTUNG! ... ANGLEICHUNG SYSTEM! ... WISSENSÜBERTRAGUNG! ... EIN! ... AUS! … sprangen ihm förmlich ins Auge.

Irgendetwas zwang ihn zum Aufstehen. Wie von selbst bewegten sich die Beine und mit zögernden Schritten verließ er den Raum. Durch den Gang ging es bis zum Schacht. Hinter ihm schlossen sich mit leise surrendem Geräusch die Doppeltür des Kuppelraumes und die Schachttür zum Gang. Glatt waren die Wände, kein Spalt kündete davon, dass vor wenigen Minuten hier Türen offen standen.

Wie in Trance machte sich Wesley auf den Rückweg. Er fand den Weg mit traumwandlerischer Sicherheit, als wenn er die letzten Jahre nichts anderes gemacht hätte.

Vorbei ging es an der Galerie, der in allen Farben glitzernden Umhängen und an den aus schwarzem Metallblech bestehenden Gürteln.

Wie Schuppen fiel es ihm von den Augen, er wusste mit einmal, welcher Bewandtnis es mit diesen Umhängen hatte.

Sie verliehen ihrem Träger die Unsichtbarkeit. Durch die Bildung einer Glocke in schnellsten Schwingungen vibrierender Energiewellen, die sich wie eine Haube über den Träger legten, wurden die Lichtwellen um den Körper gelenkt und setzten dahinter ihren Weg in der alten Richtung fort. Dadurch machten sie den Träger des Mantels für jeden menschlichen Blick unsichtbar. Die Energiemenge, die der glitzernde Umhang benötigte bezog, er aus der winzigen Energiequelle, die sich im Armband aus dem bläulichen Metall befand. Durch eine Drehbewegung des Armbandes konnte die Energiequelle ein und ausgeschaltet werden.

Und der Gürtel, der war eine Strahlenwaffe. Mithilfe des Koppelschlosses konnten Beta-Strahlen verschossen werden, die den Gegner betäuben aber auch töten konnten.

Der Gang teilte sich, und Wesley fand sofort den richtigen Weg zur Zentrale.

Die Gedanken schossen kreuz und quer durch sein Hirn. Was war nur mit ihm geschehen? Wieso kannte er sich mit einmal in all den Dingen hier aus? Eine unbestimmte Ahnung beschlich ihn.

Die Tür der Zentrale war verschlossen.

Wesley betätigte, ohne erst lange zu suchen, die Kontaktplatte.

Der Öffnungsmechanismus schnappte auf.

Langsam zog sich die Tür nach oben und verschwand geräuschlos in der Decke.

Wesley betrat die Zentrale. Ihm kam alles so verändert vor, irgendwie vertrauter. Ohne ein Wort zu sagen, ging er zielsicher zu dem Schalensessel auf dem erhöhten Podest.

Zwei erstaunte Augenpaare verfolgten jede Bewegung Wesleys.

Sörensen flüsterte Weick zu: „Hier stimmt etwas nicht."

Wesley setzte sich im Sessel zurecht und teilte den erstaunt Blickenden mit: „Ich hatte recht …, von hier aus kann das Raumschiff gesteuert werden ... Es ist nicht alles vollautomatisch ... Dieses Schiff kann eine Person starten und manövrieren …"

„Da erzählst du uns nichts Neues."

„Na klar."

„Aber ich bin jetzt in der Lage dieses Weltraumschiff zu fliegen.“

Weick wollte etwas sagen, aber Sörensen gebot ihm zu schweigen.

„Hier ist alles übersichtlich angeordnet und mit allen erforderlichen Mess- und Steuergeräten ausgestattet“, setzte Wesley fort und legte dabei die Hände auf die Bedienungselemente in den Armlehnen des Sessels. Nicht einer der Finger zitterte, obwohl ihm immer wieder dieselbe Frage durch den Kopf ging: Ist das Schiff denn überhaupt noch voll funktionstüchtig? ... Wesley zögerte noch einen Augenblick, dann drückte er rein mechanisch auf den richtigen Knopf.

Sörensen sprang hinzu und wollte ihn daran hindern, aber er kam zu spät.

Das Licht in der Zentrale verlosch.

Leises Summen ertönte.

Anzeigegeräte leuchteten auf.

Über den gigantischen Bildschirm ging eine flimmernde Helligkeit, dann huschten farbige Muster über die konkave Mattscheibe und formten sich zu einem deutlich erkennbaren Bild. Der Boden des Startfeldes zwischen den Landestützen war zu sehen. Dort wo die Kugelrundungen des Sternenschiffes in eine Ebene übergingen, verschwand die aus bläulichem Metall bestehende Rampe im Rumpf. Minuten später schloss sich hinter ihr die Öffnung.

Das Sternenschiff *Scout* war aus seinem hunderttausendjährigen Schlaf erwacht.

Jetzt ging alles blitzschnell.

Wesleys Finger huschten flink über die Tastatur in der rechten Armlehne.

Sörensen sah die Sinnlosigkeit seines Tuns, Wesley Einhalt zu gebieten, ein. Er setzt sich stumm neben Weick in den Sessel und ergab sich in sein Schicksal.

Weick betrachtete erregt das Geschehen auf dem riesigen Bildschirm. Ihn hatte die wissenschaftliche Neugier gepackt.

Das leise Summen, das aus den mächtigen Geräten auf den bläulichen Metallsockeln in der Mitte des Raumes kam, schwoll an.

Ein kaum spürbares Vibrieren ging durch den Leib des Sternenschiffes. Es war das Anzeichen dafür, dass die Triebwerke ansprangen und gleichzeitig der Neutralisator anlief, um den Startandruck zu kompensieren.

Jahrtausende hatte das Schiff unbenutzt in seinem Versteck gestanden. Trotzdem schienen alle technischen Anlagen einwandfrei zu laufen.

Sörensen hatte tausend Fragen auf dem Herzen, aber als das erste Zittern durch den Rumpf des Sternenschiffes lief, verschob er sie auf später.

Auf der mittleren Instrumentenkonsole strahlte eine kleine Tafel grün, *Starbereit*, nur für Wesley lesbar. Als wenn dieses *Startbereit* für ihn ein Befehl war, sprach er: „Wo ist denn der bewusste Hebel?“

Hatte er Angst?

Nein, er hatte keine Angst. Nur ein komisches Gefühl im Leib, Schmetterlinge im Bauch, wie die Leute sagten. Es war eine Art Lampenfieber und das war ganz natürlich.

„Ah ..., hier ist er!“

Der Hebel befand sich in Nullstellung. Langsam schob er ihn nach vorn. Wesleys Handlungen waren ruhig und überlegt, wie die eines erfahrenen Piloten, der jahrelang nichts anderes gemacht hatte als solche Sternenschiffe zu fliegen.

Irgendwo hinter ihm hob lautes Brummen an, tief zunächst, dann immer höher werdend, einen Augenblick schmerzhaft, schließlich nicht mehr wahrnehmbar für menschliche Ohren.

Unter dem breitausladenden Wulst des Raumschiffes wurde rötliches Flimmern sichtbar.

Langsam und vollständig ruckfrei hob der gigantische Körper vom Boden ab. Die vier Landebeine verschwanden in Öffnungen des Schiffskörpers, die sich durch die Auflageflächen verschlossen.

Anfangs rotglühend peitschten jetzt weißglühende Gase den Felsboden. Von Urgewalten getragen stieg das Raumschiff, in einem Schleier erhitzter Luft, langsam in die Höhe. Es füllte den inneren Raum des Felsenturmes fast aus.

Ein Meter, zwei Meter ..., fünf Meter ...

Vorsichtig manövrierte Wesley das Sternenschiff durch den engen Schacht nach oben, den oftmals weit vorspringenden Felsnasen rechtzeitig ausweichend.

30 Meter …, 40 Meter …

Immer schneller glitt das Sternenschiff empor.

100 Meter …, 200 Meter …

Gleich einem Ungetüm der Unterwelt raste es, grell beleuchtet von den in dem Schacht hochschlagenden Treibgasen, aus der Öffnung des Felsenturmes heraus in den Sternenhimmel hinein.

Zurück ließen sie einen Kraterboden, der in heller Rotglut aufleuchtete und ein tief aufgewühltes Loch, dort wo der Kugelraumer vor wenigen Minuten noch gestanden hatte.

Wesleys Blick überflog die Instrumente. Sie zeigten Werte, die alle im normalen Bereich lagen.

Der Planet *Hope* fiel schneller und schneller zurück in die Unendlichkeit des Weltalls, je mehr das Sternenschiff beschleunigte. Die endlosen Steppen und die riesigen grünen Flächen des Urwaldes formten sich zu einem Kontinent, den eine blaue Wasserfläche umgab.

Auf den Instrumenten konnte Wesley ablesen, dass der Gigant mit fünfzig Kilometern pro Sekunde beschleunigte. Dennoch fühlte er nichts davon.

Kleiner und kleiner wurde der Planet, bis ihn der Glanz der Sonne Alpha Centauri überstrahlte und er in der ewigen Nacht des Weltraumes versank.

Wesley war nicht der Einzige, der sprachlos auf die Bildschirmflächen schaute, auf denen der Planet *Hope* rasch kleiner wurde. Er richtete das Fadenkreuz des Zielbildschirmes auf die Sonne des heimatlichen Planetensystems und schaltete die automatische Kursberechnung ein.

„Wie lange willst du noch beschleunigen, Junge?“, fragte Sörensen erregt.

„So lange, bis wir die Lichtgeschwindigkeit erreicht haben“, erklärte Wesley sachlich.

„Lichtgeschwindigkeit? Das ist doch Wahnsinn!“

„Na ja, annähernde Lichtgeschwindigkeit!“

Der wulstige Ring des Sternenschiffes glühte jetzt in grünlichem Feuer auf, durch die Verwandlung der zugeführten Strahlenmasse in Lichtquanten.

„Wir kehren zur Erde zurück“, sprach Wesley zufrieden lächelnd. „Weg von diesem unheimlichen Planeten! Nur weg von ihm, so schnell wie möglich!“

Ein spürbarer Ruck ging durch das Sternenschiff mit dem Namen *Scout*, als der Tachyonenantrieb sich automatisch zuschaltete. Innerhalb von Minuten erhöhte es seine Fahrt auf annähernde Lichtgeschwindigkeit.

Unablässig huschten die Zeiger der Instrumente über die Skalen. Sie arbeiteten einwandfrei.

Der *Scout* raste aus dem Centauersystem heraus, in den schier grenzenlosen Weltraum zwischen dem heimatlichen Sonnensystem. Es ging der Mutter Erde entgegen.

... und so geht es weiter:

Weitere Abenteuer und unliebsame Überraschungen warten nicht nur beim Flug des Sternenkreuzers durch die

endlose Weite des Weltalls auf die drei Astronauten. Auf der Erde angekommen müssen sie feststellen, dass skrupellose Mächte am Werk sind, um die Bevölkerung der Erde unter Ihre Herrschaft zu zwingen.

ABKÜRZUNGEN / ERLÄUTERUNGEN

FMR	Fern- und Masseradar
Head-up-Display	Ein Anzeigesystem bei dem die Daten direkt in das Sichtfeld projiziert werde
High-Tech	Hochtechnologie
LCD	englisch „liquid crystal display“ - Flüssigkeitskristallbildschirm oder Flüssigkristallanzeige
MDA	mobile digitale assistent (Poket Computer)
Plasma-Bildschirm	Ein Farbbildschirm, der das verschieden-farbige Licht mit Hilfe von Leuchtstoffen erzeugt, die Gasentladungen erzeugt Plasma
3 - D	Es ist eine Abkürzung für dreidimensional und ein Synonym für räumliche Körper.

BEREITS ERSCHIENEN:

BAND 1

ISBN 9 783744 855822
7,95 Euro

BAND 2

ISBN 9 783746 082585
7,95 Euro

Im gleichen Verlag erschienen:

ISBN 9 783738 600100
19,95 Euro

Ernst - Ulrich Hahmann

Unter der Knute
Stalins
Aus dem Leben eines Wolgadeutschen

ISBN 9 783743 162105
7,95 Euro

ISBN 9 783744 887663
6,95 Euro

ERNST - ULRICH HAHMANN,

(Oberstleutnant a.D.)

geb. 1943 in Ellrich am Südharz, lebt in Bad Salzungen, Ausbildung als Dreher, danach Laufbahn eines Artillerieoffiziers (1963 - 1988). Während der Wendezeit Einsatz als Kreisgeschäftsführer beim DRK (1988 - 1991). Anschließend in verschiedenen Wachfirmen in unterschiedlichen Funktionen tätig. Jetzt Rentner. Während der Armeezeit Artikel für militär-technische und militär-wissenschaftliche Zeitschriften geschrieben sowie eine Dokumentation über das Leben und Wirken des Arbeiterführers *Franz Jacob* angefertigt. Nach der Wende Fernstudium *Schule des Großen Schreibens* an der Axel Andersson Akademie in Hamburg (1992 - 1995). Mitglied des Literaturkreises Bad Salzungen.

Bereits erschienene Bücher:

„Das alte Salzungen - Sagen einer Stadt im Werratal"
„Das alte Ellrich - Sagen einer Südharzstadt"
„Die wilde Horde"
„Die Schnepfenburg - Bad Salzungen"
„Der Weg in die Hölle - Stalingrad"
„Die Ritter vom Frankenstein"
„Reiki - Heilende Hände" (Co-Autorin Edelweiß Knabe)
„Jörg Seedow - Ein Journalist auf Spurensuche - Der Leichenschänder
„Jörg Seedow - Ein Journalist auf Spurensuche - Der Flüchtling
„Welt der Heimatsagen - Sagen und Geschichten aus dem Werratal"
„Welt der Heimatsagen - Sagen und Geschichten aus dem Südharz-Vorland

„Mit neunzehn im Kessel von Stalingrad"
„Es gibt eine wunderbare Kraft ... (Co-Autorin Edelweiß Knabe
„Bad Salzungen und seine Gotteshäuser"
„Die Ritterburgen im Salzunger Land"
„Unter der Knute Stalins"
„Welf Wesley - Der Weltraumkadett - Die Feuertaufe
„Lausbuben - Geschichten und Erzählungen aus der Kinderzeit"
„Welf Wesley - Der Weltraumkadett - Auf den Spuren der Außerirdischen"